獣姫の最後の恋

旋めぐる

富士見L文庫

Last Love of

目次◆

獣姫の最後の恋

5

the Beast Princess

本書は、２０２１年に魔法のｉらんどで実施された「魔法のｉらんど大賞２０２１小説大賞」で恋愛ファンタジー部門特別賞を受賞した「獣姫の最後の恋」を加筆修正したものです。

内容はフィクションであり、実在の人物や団体などとは関係ありません。

吸い込まれそうな漆黒の、髪が揺れる。

全身を覆い隠すマントの裾が、獣の攻撃を避ける度にはらりと翻った。男か女か判然としないが、フードの奥から束ねた黒髪が見え隠れしている。

獣を追い払ってやると、旅装束の人影は荒い息を整えながら膝に手をついていたが、程なくして助かりました、と独り言のように呟《つぶや》いた。

声色からすると、男だ。

「どなたか存じませんが、危ないところを有難《ありがと》うございました」

今度ははっきりと言葉を紡いだ男は、ふうと大きく息を吐きながらフードを落とす。

レイラはその時の衝撃を忘れない。

美しく伸びた黒髪が、艶《あで》やかに揺れた。にこりと微笑《ほほえ》んだ表情にはあどけなさが残るが、真《ま》っ直《す》ぐにレイラを射た、沈むような深い紺瑠璃色の目は魅惑的にして妖艶、華奢《きゃしゃ》な体格を補うかのように、男を大人びて見せた。

逸《そ》らさない瞳に吸い込まれるように、ふらりと二、三歩、男との距離を詰めると、朦朧《もうろう》と自我を保てなくなる程良い匂いがした。恍惚《こうこつ》とその男に見入ったレイラは、心の種に火が灯《とも》ったのを認める。

――この男を手に入れるには。

レイラは考えるより先に、その答えを得ていた。

時は、四国時代《しこく》。

初めて世界統一を成し遂げたとされる二人の神が、世界を紅国《こう》、雷国《らい》、水国《すい》、氷国《ひょう》の四つに分けたことに始まる。しかし、二人の神は程なくして謎の失踪を遂げ、時の権力は四国の王に残された。

四国の一つに数えられる氷国は、城下町に隣接する形で村を一つ預かっている。

――伽羅《きゃら》村。

千を下らないとされる多種多様な種族がいる中、主に生殖に関わる特異な能力を持つ約七千人の伽羅族が暮らしている。

レイラは、そんな伽羅族の当主であった。

※

ここは、伽羅村。当主の家は村で最も大きな敷地《しきち》を有する館《やかた》であるが、その殆《ほとん》どが執務室である。その執務室の中央に、うず高く積まれた書簡の山に埋もれるようにして机に向かう女性が一人、鬱陶《うっとう》し気に髪を掻《か》き上《あ》げる。彼女は、名をレイラという。

「あんただったら、どんな能力の種族とお近づきになりたい？」

レイラは欠伸《あくび》を漏らしながら、書簡を眺め言う。お喋《しゃべ》りでもしていなければ、今にも眠りの世界に誘われてしまいそうだった。

「どんな？　別にこれといって。あー、確実に男に見初められる能力とか？」

「それは今、あんたが欲しい能力でしょ」

レイラは嘆息しながら、人の家を訪ねて来ておいて何をする訳でもなく、勝手に座って飲み物で喉を潤す悪友、ケイをねめつける。焦げ茶の髪を頭上で一つに束ねた彼女は、豊満な胸が邪魔なのか、重そうに肩など回している。

「だってさ。どんな能力が世の中にあるのか、想像しようがないじゃない。足が速い種族がいるなら、鼻がいいとか？　耳がいいとか？　そういう能力もあるんでしょうけど、別にお近づきになりたい訳でもないし。あんたお近づきになりたい？　鼻がいい一族」

いや別に、とレイラは応じながら、書簡を投げだして机に頬杖《ほおづえ》をつき、言う。

「氷国ってのは、閉鎖された国交のない国だからね。当然、氷国属領の我が伽羅村も、鎖国ならぬ〝鎖村〟に近いし。現実を知らないからこその、妄想じゃないの。どんな種族がいたらわくわくするかって聞いてんのに、夢がないわね」

「自分にその能力が芽生えるなら妄想するけど、そうはならないなら考えるだけ無駄でしょ」

ケイは身も蓋もないことを言い、ずずずと飲み物を飲み干した。夢がない、と繰り返しつつも、レイラはそれ以上尋ねる事はせず、ぼんやりと窓の外を眺める。

伽羅族は、獣族《じゅうぞく》に端を発する。時代を経て能力が細分化し、派生していった先の一つが伽羅族であるとされる。戦闘面に秀でた能力を持つ獣族は、笑うと口の端から漏れる八重歯や縦に長い瞳孔、とんでもない腕力、脚力の割にはすらりとひょろ長い手足を持ち、女性でいうと胸も控えめである事が多い。一方で、八重歯も縦長の瞳孔も持たず、好戦的でもない上、豊満な胸を持つ女性が比較的多い伽羅は、果たして今も、獣族に属していると言えるのだろうかと、レイラなどは思わなくもない。

（まぁ、獣族の一員として認めてもらってる方が箔《はく》がつくから、別にどうでもいいんだけど）

ぼんやりとそんな事を考えながら、レイラは胸まで無造作に流している髪を一房摘まみ、指先で弄ぶ。象牙色の髪は、手入れをしていない為《ため》になんとも野性的にうねっている。瞳は雌黄《しおう》、唇は薄いがほんのりとした紅梅色で、これが中々に色っぽいと、自分では気に入っている。

「そんな妄想より、伽羅の能力をより生かす方法を考えたら？」

ケイはにやにやと笑いながら、仕事を放棄しているレイラを見た。

伽羅族の最大の特徴は、極めて異種族と交わりやすい生殖能力にある。どの種族と交わっても一定した高い確率で子供を望め、且《か》つ、生まれてくる子供は伽羅の能力を引き継がず、伽羅の相手となった者の容姿や能力を強く継承する。

この世界には千を下らない種族が存在し、その能力は血によって継承されていく。その為、通常では同族での婚姻によってその能力を後世に残していくのだが、同種族の全体数減少等により、そううまく事が運ばない場合もある。そこで伴侶にと望まれるのが、最強の生殖能力を持つ、伽羅というわけである。伽羅族は、自分の血をより濃く残す為の子供をもうける手段の要として、各時代で大いに重宝されてきた。

レイラは投げた書簡に再び視線を落としたものの、目で追っても頭には入って来ない。

「伽羅族は既に、子供が出来ぬと悩む男性に花嫁を斡旋《あっせん》する事で高い収益をあげてるわ。これ以上の能力の生かし方なんて、ある？」

「あたしは思いつかないけど。より繁栄の為の案を模索するのが当主じゃないの」

ケイはしゃあしゃあと言って一人、云々《うんうん》と頷《うなず》きながら空になったカップを机に置いた。

レイラは呆《あき》れ顔《がお》を隠しもせず巨大な溜息《ためいき》を吐き、切り出す。

「そんなことより、あんたなんの用？」

レイラは視線だけを上げて、斜め向かいに腰を下ろすケイを見遣《みや》る。すっかりカップも空だというのに、用件を切り出す様子がなく、痺《しび》れを切らした。

「あ、そうだった。今日は、雷国から圭《けい》の中家《ちゅうか》の子息が相手を探しにくるって本当なの、当主」

一国の王達は、それぞれの領地を更に大家《たいか》と呼ばれる家主《かしゅ》、つまり城主達に治めさせた。大家の領地内には複数の中家が存在し、中家は複数の小家《しょうか》を治めていた。大家はそれ一つで一国に近い程の領土を有し、それを束ねる王ですら簡単には干渉出来ない程の力を持つ。

「ああ、それ。本当よ」

子宝に恵まれず悩む者が、高い繁殖能力を持つ伽羅に縁談を求めて遥々《はるばる》各地からやって来る。彼らに伽羅の女との見合いの場を設け、互いに気に入れば嫁に出す。花嫁を斡旋する相手として人種、地位等一切問わないが、花嫁を欲する当人が伽羅を訪ねて来ること、契約が成立した暁には金銭を支払っていく事、また、折角訪ねて来ても花嫁になる意思のある者がいなければ斡旋は出来かねるという事、大きく言えば条件はそれだけだ。基本的には子宝に恵まれぬ切羽詰まった者が訪ねてくるので、ご破算になることはあまりない。

「その予定を確認しようとしているところ」

レイラはまさに今眺めているだけの書簡を示し、指先でこつこつと叩《たた》く。

「中家の子息って、かなり久しぶりよね」

ケイは年甲斐《としがい》もなく、黄色い声を上げた。大家に次ぐ領地を預かる中家は、その家主が正七位《せいなない》を賜るほど位が高く、官吏としては位を極めたといっても過言ではない。

正一位は各国王の四人のみ、正二位は各国副官のこれまた四人のみである。正三位に大《たい》官長《かんちょう》、大家家主等が控え、正十五位の位まで存在する。当然下に行くほど数が多く、官吏の殆どが正十位以下であるとされる。因《ちな》みに今まで伽羅を訪ねて来た男で、最も位が高かった官吏は正八位。下は官職などもたぬ、ただの村人までいる。

「まあ、家主じゃなくて、子息だからね。正十五位でしょ」

家主の子息に生まれただけで、官吏になる為に必要な官試の受験が免除され、正十五位が与えられると聞く。ちなみに、子女には与えられない。

「馬鹿ね、万が一にも跡を継ぐことになれば、正七位じゃないの！」

「三男坊だから、それはないんじゃない？」

レイラは玉《たま》の輿《こし》を狙って興奮するケイに、ひたすらに水を差す。四人の子持ちであるケイが選ばれるとは到底思えず、振られた時の痛みを少しでも和らげてやろうというレイラのぶっきら棒な優しさを知ってか知らずか、ケイは肩を竦《すく》めて話題を変えた。

「当主は選ばないの、男」

ケイがレイラを「当主」と呼ぶようになったのは、いつの頃からだったろうか。確か当主の座についたのが三年程前であるから、おそらくはその少し後からなのだろうが、随分長くそう呼ばれている気がする。

「当主、ねえ」

レイラがしみじみと言うと、ケイは何を今更とばかりに笑う。

「なによ、当主でしょ、あんたは。伽羅族の卵《らん》を司《つかさど》り、子種を操作する我らが指導者。あー、レイラ様と呼べって？」

伽羅は長く、次々と子供を望める特殊能力が故に、虐げられし歴史を歩み続けてきた。捕まり、囚《とら》われ、望まぬ子を産まされてきた長い歴史の中にあって、家畜を繁殖させるが如《ごと》く、一定の個体数を維持し続けて来たのだが、とうとう先の時代、乱獲に次ぐ乱獲の末に急激に数を減らした。あれよあれよという間に絶滅も視野に入り始めた、ちょうどその頃であったと聞かされている。ある日突然、一族の中に当主は現れた。

当主は不思議なことに、伽羅族の生殖能力を自らの意思で司った。不自由を強いられ続けてきた先人達の生き残りたいという想《おも》いがそうさせたのか、突如現れた当主はその能力でもって、全ての伽羅族の子種を封印した。これにより、伽羅を攫《さら》って奪っても、当主の許可なくして子供を作る事が一切出来なくなってしまったのである。伽羅に子を産ませたければ、交渉の末に伽羅当主の許可を得る必要が生まれた結果が、今である。

そんな当主の能力は、先代の当主の死亡と同時に他の誰かに突如継承される。今回「当たり」を引いたのが、レイラだという訳だ。

「いいわねぇ、レイラ様。あんたの口から聞くと格別だわ」

あははと笑ったレイラは、冗談をそのままに言葉を繋《つな》ぐ。

「この私に釣り合う男となると中々。子供を産んだら、あたしは死ぬからね」

　レイラは敢《あ》えて淡々と、言う。

　伽羅族の当主は何故《なぜ》か、子供を産むと三ヶ月程度で死ぬ。誰に言われた訳でも宣告された訳でもないが、歴々の当主が皆そうして死んでいったとなれば、警戒は呪いとなる。それが分かっていても選びたい男に、残念ながらレイラは出会ったことがない。

「いいじゃないの、子供は産まなくて。自分の卵も操作できるでしょ。凍結して、楽しむだけ楽しめば」

「あんたは節操無いわね、しかし」

「なによ、あたしはちゃんと凍結しないで産むもん産んでるでしょ。伽羅の繁栄に貢献してるんだから、口うるさく言わないで」

　ケイは舌を出して見せる。

　彼女は既に四人の子持ちであるが、四人とも父親が違う。伽羅族同士の交配において、昔から問題視されながらも原因が解明されていない大きな問題点の一つとして、女児が産まれやすいという点が挙げられる。即《すなわ》ち、男が極めて少ない村、それが伽羅である。

　伽羅村総人口約七千に対し、男は千に足りない。子供も含まれている為に単純に計算は出来ないが、出生を管理しているレイラの当主としての立場から言わせてもらえば、全ての女が伴侶を望んだ場合、一夫《いっぷ》に対して妻は六人から七人娶ってもらわねば困る現状だ。

「なによ？」

じっとケイを見つめるレイラの視線に気が付いたのか、彼女は苦い顔でこちらを見遣る。

ケイは四人の子持ちにして、父親も四人。つまり彼女が選んだ男は少なくとも四人になるが、こう見えても相手は選ぶ方である。常々玉の輿を狙い、頭の弱そうな奇声を発するものの、実のところ、節操がないわけではない。

「あんたは、ええっと。相手に他の女がいるのが許せない、んだっけ?」

「男の話? 一夫多妻の必要性は理解してるつもりよ、これでも。別に他に女がいるのはいい。でも、あたしが一番じゃないのは許せないわ」

「……ああ、そう」

ケイは夫なる者にしか体を許さないが、その夫の一番でなくなった瞬間に別れてしまう。理由はそれだけではない場合もあったようだが、とにかく別れた男は四人、今のところ五人目は現れていない。

伽羅の人口比率的に考えても、一人の男に対して妻が一人では村は立ち行かない。そのため伽羅では一夫多妻を推奨しているが、控えめに言っても性欲が強い伽羅族の女を相手に、勘弁してくれと泣きついてくる男も非常に多い。

伽羅の虐げられし歴史の転機となったのは、当主の発現に加え、少し遅れて氷国の庇護《ひご》下に入れたという事実が大きい。当主の能力のおかげで攫って犯しても子供は出来ず、氷国王の庇護を得た事でそもそも攫う事が叶《かな》わなくなった。

こうして伽羅の、個々の意思で嫁ぎ先を選ぶ権利が確立された結果、今の平穏な暮らしと花嫁斡旋の仕事がある。花嫁が欲しい外の世界の男性と、男が少なく嫁ぎ先を探す伽羅の女との利害が一致する上、嫁がせる事で金銭を落としてくれるというのだから、伽羅にとってこれ以上の商売はない。

現在、伽羅では多くの女性達が当主、つまりレイラに卵の凍結を依頼し、実際に凍結している。伽羅はその性質上、異性と交われば直《す》ぐに子が出来る。子を産まず「楽しみたい」者は必然的に、卵を凍結というこの上もなく都合の良《い》いレイラの力を、当然求める。

その数は年々増え、ケイのように子供を産んで伽羅の繁栄に貢献してくれる者は最早《もはや》、稀《まれ》な存在になったと言って良い。

「まぁ、氷国王の子供なら産んでもいいかもね」

レイラが零《こぼ》すと、ケイは大口を開けて笑った。

「あれは別格でしょ。さすがのあたしもそんな高望みしない」

氷国王は、現世に唯一と言われる神である。故にこの世のものとは思えない、この世で最も美しいといわれるほど端整な顔立ちをしているとされる。しかも国王である。どんなに頑張ったところで無理は承知だ。そもそも人間の女を相手にするのかどうかすら不明である。言ってみただけだ。

レイラは頭を掻《か》く。

「でもまぁ、やっぱり食指は動かないかな。綺麗《きれい》だけど、子供だもの」

「馬鹿ね、子供でも一度お相手願いたいくらいの美しさなんでしょ」

「あんた、ほんと節操無いわ」

「うるさい」

氷国王は、単純に見た目においてという意味では、少年王である。顔が異常に美しい事を除けば、ごくごく普通の人間の少年に見える。

大概の種族において、ある一定の年で肉体は成長を止める。実際に生きた年齢と、見た目の年齢は往々にして違っているものであるため、氷国王の実際の年齢は不明（そもそも神が年を取るのかどうかすら不明）だが、肉体の年齢が十五歳前後で止まっているため、レイラなどでは食指が動かない。

ただ、密《ひそ》かに恋心を抱いている者は伽羅の中にも大勢いると聞く。下々の者と仲良くするような人ではないが、顔を隠すということも知らず、飄々《ひょうひょう》と一人で城外、国外へと出かけていく。見かけた村の者が慌てて平伏するほど、突拍子もなく現れる。この伽羅にも姿を見せることが稀にあるため、顔自体は知っている者もちらほらいる。言葉を交わしたことがあるのは、売上を納金するレイラくらいのものかもしれないが。

「大体さあ。子供産まなきゃ死なずに済むのよ？　それが分かってんなら、産むなって話でしょうに。あんたは産まないわよね？　当主」

ケイはレイラを覗《のぞ》き込む。

「まぁねぇ。でも不思議な事に、死ぬと分かってても、それでも尚《なお》、歴代当主達は子供を産み、現に死んでったわけでしょ。堪《こら》えきれない何かがあるんじゃないのとは思うけど」

レイラは、思い出せる当主の顔を脳内でずらりと並べる。歴代当主の在位はせいぜいが二、三年。皆あっという間に子供を作って、あれよあれよという間に死んだ。

「ただ節操ないだけでしょ。伽羅は子供を産む事だけが天命かのように、次から次へと子供を作ってきた。要は、性に開放的なのよね、そもそもが。でも、今となっては楽しむ事と産む事は話が別な訳でしょ、当主のお力のお陰で。産まないという選択が出来たのよ。いい？　産むな、当主。凍結するだけの事、ちゃんとやんなさいよ。当主が死ぬのを見せられる方の気持ちも考えて欲しいもんだわ、全く」

レイラは苦く笑い、否定はしない。

伽羅は確かに、その能力の性質上、体を重ねる事にあまりにも抵抗がない。だからこその、レイラの出番が頻発しているわけで。

「さてと、あたしは主のお坊ちゃんでも迎えに行きますか」

レイラは仕方なく、重い腰を上げる。

「いい男でありますように」

祈るように言ったケイに、レイラはかかと笑う。

「それよりも選ばれる心配したら。何連敗中？」

ケイが手近の書簡を摑《つか》んだのを見て、レイラは外に飛び出す。

当主になった時に得たのは生殖能力を凍結する能力だけではない。一族を守れるように、腕力も脚力も常人であった頃の数倍以上、比較にならないほど上がった。その自慢の脚力を使って、木々の間を跳び進む。ふわりと体が軽く、空に浮く感覚。初めて木に飛び上がった時、世の中にはこんな景色もあるのだと、わくわくしたものだ。

空を跳ねる事を楽しみながら、レイラは軽い足取りで村を駆け抜けた。

氷国は、狩猟区《しゅりょうく》と呼ばれる獣の住処《すみか》の中にある。氷国は南北に長く広がる中央狩猟区の南端に位置しており、人という種族を喰《く》らう獣が蔓延《はびこ》る狩猟区に囲まれている。この中央狩猟区で国を隔てるように、東方に紅国と雷国、西方に水国が在る。

東方の二国は、国境を隔てて北側が紅国、南側が雷国であり、その更に遥《はる》か東には東方狩猟区があると聞く。同様に、中央狩猟区西方の水国の更に西には西方狩猟区があり、全ての国が狩猟区に囲まれているのだそうだ。因みにだが、中央狩猟区だけで四国合わせたよりも大きいというのだから、世界の殆《ほとん》どは狩猟区といっても過言ではない。

中央狩猟区の中でも最も危険な区域の一つとされる瑪瑙《めのう》地区に、伽羅族の住処はある。人を襲う獣にも等級があり、瑪瑙地区と、北の琥珀《こはく》地区には、人語を理解する獣や、レイラの身の丈の二倍も三倍もあろうかという巨大な強獣が跋扈《ばっこ》する。氷国王の加護がなければ、伽羅族などとっくに喰い尽くされて絶滅していただろうが、逆に言えば、氷国王の加護はそれほどまでに強い。他の国だけではなく、瑪瑙地区に巣構《すく》う獣達にまでその力は及ぶ。レイラはそんな氷国王に、加護という名の腕輪を与えられていた。身につけているだけで、レイラは瑪瑙地区で獣に襲われる事がない。

レイラには氷国王の加護があれど、伽羅を訪れる者達には当然、その加護がない。花嫁欲しさに、希望者当人は護衛をつけて遥々《はるばる》狩猟区を越えてやってくる。辿《たど》り着《つ》く事が叶わない者も中にはいるのだが、あまりそれが続くと伽羅としても商売にならないので、途中までレイラが迎えに行くのが最近ではお決まりになっている。

（そろそろ、この辺りまで来ていてもいい頃だと思うんだけど）

レイラは辺りを見回す。今回伽羅の女性を求めてやってくるのは、圭大家属領の中家の家主の子息である。つまるところ、嫁ぐ事にでもなれば玉《たま》の輿《こし》も玉の輿だ。いつも以上に女性達に気合いが入っている事は、分かっている。死なれて村に辿り着けなかったとあらば、村の女達の意気消沈ぶりたるや、想像を絶するだろう。

いいところの子息は大概、瑪瑙を危機感なく越える為《ため》、傭兵《ようへい》を雇ってやってくる。否、狩猟区に入った事のない者は、単身では瑪瑙を絶対に越えられないため、一村人であれ必ず狩猟区に慣れた傭兵を雇ってやって来るが、雇える人数にはやはり差が如実に出る。お金持ちは複数人雇ってくるために当然、一行としては目立つ。高いところから見渡せば、大抵見えるものなのだが。

（まさか、全員喰われちゃったんじゃないでしょうね）

レイラは冗談半分にそんなことを考えながら、地に降り立つ。とりあえずもう少し先の方まで行ってみるかと思ったレイラの耳に、それは飛び込んできた。悲鳴のように聞こえた。

（まずい、やっぱり襲われてるのかしら）

レイラは走る。悲鳴が聞こえたと思《おぼ》しき場所まで走り抜けると、そこには旅装束の人影が一人あるだけだった。獣に出くわしてしまったらしく、剣を片手に応戦しているようだが、どうにも分が悪いように見える。レイラの捜し人ではないようだったが、ここまできて見殺しにするのも後味が悪いので、腹の底から声を張り上げる。

「獣よ、この腕輪が見えるか。引け！」

驚いたように獣の瞳孔が開き、後ろ髪を引かれるように去っていく。獰猛《どうもう》な獣が、腕輪を見せつけるだけで逃げていく。流石《さすが》は氷国王の加護だ。その姿が見えなくなってから、華奢《きゃしゃ》な人影は剣を地に突き立て、その柄《つか》に体重を預けるようにしてへたり込む。

マント姿の人影は、緩慢な動きでこちらを振り返り、ふわりと笑った。

「どなたか存じませんが、危ないところを有難《ありがと》うございました。道に迷ってしまったようで」

レイラは、その時の衝撃を忘れない。

フードを落とした反動で揺れた黒髪が背に向かって流れ落ちていった。背に当たる音が聞こえよう筈《はず》もなかったというのに、鈴の音を奏でたかのように聞こえた気がした。

華奢な体つきで、男か女か考えあぐねていたが、その声は男のものだった。美しく伸びた黒髪を一つに束ね、肩甲骨の辺りまで長さがある。男は美しい微笑《ほほえ》みを口元にたたえ、吸い込まれるような紺瑠璃色の目で真っ直ぐにレイラを捉えたまま微動だにしなかったが、ついと観察するようにレイラの全身を一瞥《いちべつ》した。そこでやっと、我に返る。

ふらりとよろけるように二、三歩男に近寄り、レイラは目を細めた。酩酊《めいてい》するような、甘い香りがする。

「おまえは……圭の中家縁《ゆかり》の者？」

「圭？　いいえ。私はただ道に迷っただけで。助けてもらっておいて更にお願いをするのは恐縮なのですが、ここはどこなのか教えていただいても？　先ほどの獣の感じだと、変なところに迷い込んでしまったようですが」

「ここは瑪瑙地区。氷国がもうすぐそこよ」

瑪瑙、と男は驚いたように小さく呟《つぶや》いて、肩を落とした。

「瑪瑙の獣は些《いささ》か手に余る。本当に、感謝します」

「どこに行こうとしていたの？」

男は大きく息を吐きながらようやっとの思いで立ち上がり、真っ直ぐこちらに居直った。背は、レイラよりも少しだけ高い。しかしマント越しに見ても華奢で、レイラが掴んだら折れてしまいそうなほど線が細かった。

礼を述べた時のこなれた微笑、すっと居直る佇《たたず》まいから受けた印象とは異なり、体格だけを見るとまだ少年のように思えた。子供を持たないレイラには年の頃合いの推測が立て難《がた》かったが、氷国王を基準とすれば、二十歳頃が妥当だろうか。見た目が十五と囁《ささや》かれる氷国王よりは、遥かに大人びて見えた。

「雷国に戻ろうとしていたんですけど。途中で獣に立て続けに襲われたもので、方向感覚が狂ってしまったようですね」

さほど手負いのようには見えなかったが、なるほど、ところどころ服が擦り切れて血が滲《にじ》んでいる。

「雷国、こちらでいいんですよね。本当に有難うございました。何もお返しが出来なくて申し訳ないのですが、先を急ぐので」

小さく礼をして去ろうとする男を、慌てて引きとめる。

「はい？」

マントを掴まれた男が不思議そうに振り返る。なぜ、引きとめたのだろう。

「お礼を」

レイラは、少しだけ間を置いて言葉を紡ぐ。近くで見る男の瞳はなんとも美しい宝石のようで、心が吸いこまれていくように目が離せない。

「生憎《あいにく》と、持ち合わせもなく」

男は困ったように服を探る。金銭を探しているのだろうが、そんなものはどうでもいい。

レイラは男の瞳にくぎ付けにされたまま、瞬き一つせずにその顔を見る。開いた口から、思ってもみない言葉が漏れ出てきた。

「体で」

「は？」

男が呆気《あっけ》にとられたように、ぽかんと形の良い口を開けた。なんて、可愛《かわい》い。

「体で払って」

「体でって……何か、私で力になれることでも？」

困ってるようには見えませんが、と男は苦く笑う。瑪瑙の獣を追い払えるのだ、困っているようには見えなかろう。

「あたし、貴方《あなた》の子供がほしいわ」

「……は？」

男は、今度こそ開いた口が塞がらないのか、呆然《ぼうぜん》とレイラを見下ろした。レイラはその瞳から目を逸《そ》らすことなく、その細い手首を摑む。一歩体を寄せると、甘い香りがした。くらくらと、脳が蕩《とろ》けそうなほど甘い、体を熱くするいい香り。

息を吸い込むと、眩暈《めまい》がする。甘い香りに酔いしれ、朦朧《もうろう》としてきたレイラはふと、自らの体の異変に気付く。指先の毛の一本までも浮き上がるように、体の奥から何かが湧き上がって外へ向かい放出されようとしているのが、分かる。

「……なんの、香りですか？」

男は眉を顰《ひそ》め、手の甲で鼻を押さえた。戸惑う男を眺めながら、レイラは一歩、体を寄せる。手を伸ばせば届くが、レイラはそれをせずにただじっと、男を見つめる。

すん、と鼻をきかせると、香水でもぶちまけたかのように、匂う。それは当初男の香りであった筈《はず》だが、少しずつその中に、違う香りが混ざり始めている事に気が付いた。

「貴方も、匂う？」

レイラが問うと、男は初めてこの至近距離で、レイラの目を見た。

「ええ。何の匂いですか？　強くなっていってるような」

男の声が近い。それだけの事にうっとりとするレイラは、体の火照りと共に体内からより強く放出されつつある「それ」が、香りである事に気付く。伽羅の当主は、運命の相手を見つけたその時、決して相手を逃さぬ為に強い匂いを発するのだと聞いた事がある。しかし、当主以外に誰も経験した事がない「それ」は、あくまで噂程度の存在でしかなかった。

　これの事か、とレイラは漠然と理解する。

　ずいともう一歩近寄ると、男は無意識にか、一歩下がった。また一歩近寄ると、男はまた、一歩下がる。それを何度か繰り返して、不意に両手を伸ばしたレイラは、ぽんと男の胸を軽く押した。男は足元が疎かになっていたのか、豪快に尻もちをつく。

「えっ」

　男ははっと顔を上げ、洞穴の中にいる事に気が付いたらしい。後がない事を確認するように振り返ってから、覗き込むレイラの目を見返してきた。

　じっと見つめるレイラに何を思ったのか、男は慌てた様子で顔の下半分を覆い隠す。どうやらレイラの発する匂いが気になるらしいが、その判断は「正解」だ。

　毛穴という毛穴から、発汗しているような感覚に近い。レイラの気分が高まるにつれ、自分でも疑いようがないほどはっきりと、自身から甘い匂いが放たれる。「それ」は狭い洞穴という閉鎖空間にあって、充満するように益々強くなり、男はとうとう目まで閉じた。

　固く目を閉ざした顔ですら美しく、きらきらと輝くような若さに満ち、さらりと流れる髪の一筋までも愛おしい。

　しん、と静まり返った洞穴の中。香りがすっかり充満しきった頃、レイラは男に魔法をかけるように囁《ささや》く。そうすればいいのだと、何故か知っていた。

「貴方の子が、欲しい」

卵を凍結するべきか、などという考えは当然ない。レイラの体が匂いを発した事こそが、この男だという証《あかし》だ。この男の子が欲しいと思ってしまった心がもう、止まらない。

うっすらと開いた男の目は宝石のように輝きながら、レイラを見据える。顔を覆っていた腕をおろしたかと思うと、右手を徐《おもむろ》にレイラに向かって伸ばして来た。レイラはそれを両手で優しく握りしめ、その体温に蕩けそうになる。

男の左手がレイラの頬を包むと同時に、レイラの顔に影がかかった。間近に迫る男の顔を見つめながら、レイラは思う。

悪いわね、ケイ。

レイラは心の中で、悪友に謝罪する。産むなと、まさに言われたばかりだ。歴代の当主が何故《なぜ》、凍結を選ばず子を産む選択をしたのか。頭で考えれば馬鹿な、とレイラとて思う。産まずとも今、この刹那を楽しむだけで満足すれば良い筈なのに、それでは駄目なのだ。どうしても、駄目だ。繋がりがここで終わってしまう。この男は雷国に帰り、もう二度と会う事もない。

子供をなせば、別だ。この男との繋がりが残る。この男の子供を、自分が。他の誰でもない。自分が産みたい。

たとえ子を産んだ瞬間に自身が命を落とすことになろうとも、この命と引き換えにしても今、どうしても、この男が欲しい。

目前に迫った男の吐息に、レイラはゆっくりと、目を閉じる。

※

男は呆然とした顔でマントを合わせている。その不貞腐《ふてくさ》れたような顔が愛おしくて、レイラなどは顔がにやけて仕方がない。眺めているだけで、心が満たされる。

「こんないい女を抱けて、その態度は失礼なんじゃないの？」

レイラはにやけた顔をそのままに、男の一挙手一投足まで見逃すまいと、マントのボタンを留める指先を見つめる。指先までもしなやかで美しい。

「さっきの、あれは。……なんだったんですか」

「あれ？」

「匂いです」

不本意そうに、恨めしそうに眉根を寄せて、俯《うつむ》いたまま言う男は少し、青褪《あおざ》めて見える。

「さあ。あたしも初めて体験したから、こう、と明確な答えは示せないんだけど」

「でも、原因は貴女《あなた》？」

じろりと睨《にら》まれたが、レイラは飄々《ひょうひょう》と応じる。

「ま、それはそうね。あたしが望んだ結果ではあるでしょうね。いいじゃない、楽しめたなら」

「生憎《あいにく》そんな嗜好《しこう》は持ち合わせてない。……早く、服を着てください」

男は視線をレイラに向けることなく、頭を抱えるようにしてあらぬ方向を見遣《みや》る。レイラはまだ半裸に近い姿のままだ。

「貴方にだけよ。今日から貴方だけ。この体を見る権利があるのは」

男は少しだけ赤くなる。

「いいから、早く。そんな格好のままいられたのでは、文句も言えない」

「照れちゃって。貴方中身いくつなの。二十代？　もしや、三十代？」

レイラは仕方なく服に手をかける。そっぽばかり見られたのでは、男の顔が見えない。

「残念ながらまだ肉体成長は止まっていません。なんです、誘惑した事に罪の意識でも持ってもらえるんですか」

男はじろりとこちらを睨む。怒った顔がまた可愛いらしかったが、それは言わないでおく。

「まさか十代？　なによ、妙な色気があるから、もっと年を重ねてるのかと思ったわ」

ほんの少しだけ申し訳なくも思ったが、後悔は微塵《みじん》もない。男はすっかり服を整え、立ち上がる。

「見たところ、私とは種族が違うようですし。子供がなんとか言っていたようですけれど、産まれるとは思えないですね。初めて会った男と枕を交わすような女性とは関わり合いになりたくないので。これで失礼させてもらいます」

男は心底嫌そうにレイラを睨《ね》めつける。しまった、大人しい女の方が好みだったかと思いながらも、レイラは飄々と返す。

「まぁ待ってよ。貴方にとっては残念なことに、あたしは伽羅族なの。かなり高い確率で、私は貴方の子供を産むわ」

「伽羅」

男は目を丸くして、次いで青くなる。伽羅の事は知っているのだろう。自分の子供が産まれる事への明らかな動揺を感じた。

「でも、あたしは貴方に父親としての責任を果たして欲しいなんて、これっぽっちも望んではいないから安心して。ただ、あたしが貴方の子供を産みたいと願って、勝手に子種を頂いただけ」

「そういうわけにはいかないでしょう。貴女はそれで良くとも、子供にはどう説明するのです？」

子供がそんな事を考える頃に、レイラはこの世にはいない。しかしそれは、更に男の負担となることが分かっているだけに、口にする気はない。

「父親は死んだということにでもすればいい。でも、この子に父親の事を話してあげるために、一つだけお願いがある」

「……なんです」

「この子が産まれるまで、あたしの側にいて欲しい。あたしは貴方《あなた》の事をもっと知りたいのよ」

男はなにか言いたげに口を開きかけ、一度その言葉を飲み込んで大きく息を吐いた。くしゃり、と髪を掻《か》き上《あ》げる姿が素敵。もはや病気だ。

「いいですか。私はさるお方に仕える身の上。狩猟区にも仕事で来たのだし、これから急いで帰って報告をしなければならない。不本意ながら、私の子が本当に産まれるというのであれば、子供のためを思えば父親としてあるべきだろうという気持ちはある。でも、それこそ私は貴女をよく知らないし、妻として娶《めと》って慈しむ心が生まれるかといえば、正直零に近い」

レイラの心が、少しだけ疼《うず》く。

「幸い私には心に決めた女性も、婚約者も当然妻もいないから、娶ること自体は可能ですが。私の主人も、話を聞いて受け入れてくれる寛大な方です。でも私は、子供で私を拘束しようとする貴女を好きになる事はない。それでも、側にいろと？」

男は、真剣な目でレイラを真《ま》っ直《す》ぐに射貫《いぬ》く。本当に十代であるのか疑いたくなる程、力強い男の目をしている。レイラは、我知らず微笑《ほほえ》んだ。

「好きになってくれなんて、そんな傲慢なことは言わないわ。だけど、あたしは貴方を愛している。信じてもらえないかもしれないけれど、あたしはそれを命でもって証明するわ」

どん、と胸を力強く叩《たた》いてみても、男は表情一つ変えない。

「子供が産まれるのさえ見届けてくれたら、この子は伽羅で責任を持って育てる。貴方の妻にして欲しいなどということも、貴方の主人に迷惑をかけるつもりもない。産まれるまででいいのよ。もちろん、その間貴方を拘束するだけの対価を、きちんと支払いましょう」

「対価？」

「ええ。金銭だというのならそれもいいけれど、仕事で狩猟区にとは、変わった仕事を申し付ける主人だわ。どういう類《たぐい》の仕事をしているのか教えてもらえれば、それに見合った対価を、あたしは支払うことが出来る」

レイラをじっと見つめたまま、観察するように男は口を開く。

「諜報《ちょうほう》活動を」

「なるほど。それならばどう。貴方の集める情報には関係がないかもしれないけれど、氷国に入国する許可を申請してあげるわ」

男の瞳が、明らかに揺らいだのが分かった。

「知っての通り、氷国は他国と国交のない閉ざされた国よ。滅多なことでは他国の人間を招き入れないことで知られている。その氷国の内情を見る機会をあげると言っているのよ。どう、貴方の知識の幅を広げるだけでなく、貴方の主人にとっても封鎖された国の実情が知れる事はなにかと役に立つ事があるのではない？」

「貴女に、氷国の門戸を開かせるほどの力があると？　大家の要請にすら応じないと聞きますが」

レイラは不敵に笑う。彼の興味を惹《ひ》けた事に大いに満足し、胸を反らした。

「貴方の抱いた女は、ただの使えない下っ端伽羅族なんかじゃないのよ。あたしに選ばれた事をもっと誇りに思って頂きたいものだわ」

男はまじまじとレイラを見ながら、小さな溜息《ためいき》を漏らす。諦めたのか観念したのか、男はそこで初めて、小さく笑った。

「変な人ですね、貴女は」

（笑った）

ぐらり、と脳が激しく揺れて、卒倒しかけた。胸が、苦しい。足元がぐらついて倒れこみかけたレイラの腕を、男が力強く引く。

「子供を宿した可能性があるのでしょう。少しは気をつけたらどうです」

何故こんなにも、体が熱い。何故こんなにも、手離し難《がた》い。

「レイラよ。あたしの名は、レイラ」

「残念ながら私は日陰の身。名を語る事は出来ません。お好きに呼んでください。伽羅のレイラ、ですね。私は主人の元に戻らねばなりません。許可を得て、改めて貴女の元に伺いましょう」

「本当に!?」

レイラは男の腕を掴《つか》む。男は何を警戒したのか、慌てた様子でぞんざいに手を振り払い、三歩下がる。

「子供が父親の事をなにも知らないというのも、可哀想《かわいそう》ですから。それに、本当に入国が叶《かな》うというのならば、氷国にも大いに興味がありますし」

「きっとよ、必ず会いに来て。待っているから」

「本当に貴女は伽羅族で、子供が出来ている可能性が高いんですね？」

「あら、そこから信じていないの？」

「全面的に、貴女の何も信じていません」

酷《ひど》い言われようだが、冷たい目すらも格好いいと思ってしまう自分はやはり、病気なのだろう。これが恋か、とレイラは初めて覚えた感情に嬉々《きき》とする。

「伽羅じゃなければ、なぜこんなところに？　氷国は目の前で、ここは狩猟区の危険区域、瑪瑙よ。……あ。これよ、これ。ご覧なさいよ、氷国の身分証よ」

身分証は、国によって発行される指輪である。

現在この世界には四つの国があり、身分証にはそれぞれの国によってカラーが決まっている。氷国は白だ。

自分の指輪を示しながら男の手元に目を遣《や》る。雷国に帰ると言っていたが、確かに薄い黄色の身分証、雷国の指輪がその指には輝いていた。

「……まあ、いいでしょう。伽羅族の女性は性に奔放だと噂《うわさ》に聞きますが、貴女も例に漏れないようですし」

「ちょっと待った。そこは否定させてもらうわ。確かにその噂は真実であると認めるけど、あたしは、相手はちゃんと選ぶ！」

「それこそ確認のしようがない事ですし、別に興味もありません。私が確認したいのは、貴女が本当に伽羅で子供が出来ている可能性が極めて高いことと、氷国への入国許可を本当に得てくれるのかどうか、これだけです」

「その二つに関しては、約束するわよ。守らなかったら殺してくれてもいい」

子供に関して言えば、いくら伽羅とは言え、一度の契りで必ず子供が出来る訳では流石《さすが》にないが、あくまで可能性の話だ。可能性は、極めて高い。嘘《うそ》ではない。

「絶対に会いに戻ってきて。待ってるから」

レイラが念を押すと、男は完全に信用してくれた訳ではない様子ではあったものの、ふいと視線だけを投げて言った。

「ええ、必ず。伽羅のレイラ」

男はそれだけを言い捨てて、雷国の方へと消えていく。レイラは高ぶる胸の鼓動冷めやらぬまま、その場にへたり込む。お腹《なか》を撫《な》でると、子供が息づいているような気がした。

あの男の子供。あの美しい男の。

レイラは喜びに打ち震える。自分でも不思議だ。会って間もないというのに。氷国王にも動かなかった食指だというのに。これが、運命というものだろうか。止められない動悸《どうき》を、こんなにも嬉《うれ》しいと思うなんて。

「早く、早くあたしに会いに来て」

レイラは幸せのままに帰路に就く。途中で出くわす圭の中家一行を前に、自分が出かけてきた理由を思い出すのは、もう少し後のこと。

※

ケイは、にやにやと笑いながらレイラの顔を覗《のぞ》き込む。

「なによ、ケイ」

レイラは喧嘩腰《けんかごし》に突っかかる。

「別に？　ただ毎日首を長くして、男を待つあんたがおかしくて」

「うるさいわね、結局三男坊にすら嫁げなかったくせに！」

「それを言う!?」

レイラはここのところ苛立《いらだ》っている。

男と別れて早二ヶ月が過ぎた。雷国のどこに仕えているのか知らないが、あまりにも遅い。レイラは雷国には行ったことがない為《ため》、いかほどの広さを有する国なのか見当もつかないが、真っ直ぐ往復するのに二ヶ月もかかるものなのだろうか。流石に二日や三日で戻ってくると思っていた訳ではないが、二ヶ月は想定外だ。

最初の一ヶ月はただただ恋い焦がれ、今か今かと首を長くしたものだが、ここ何日かはもう来ないかもしれないという焦りに苛《さいな》まれていた。

「獣にでも襲われて喰《く》われちゃったのかもよ。さほど強くはなかったんでしょ」

ケイはさらりとそんな事を言うが、今のレイラは想像しただけで死ねる。あの男のいない世界など、もはや何の価値もない。それほどまでに心奪われている自分が哀れでもあった。毎日のように夢に見ては幸せに浸り、目が覚めては肩を落とす。触れられない苦しみがこれ程とは、恋とはなんとも恐ろしい、確かに病だ。

「うちの男どもに比べたら、強い、はずよ。狩猟区で生活が出来るのだもの」

「伽羅の男と比べられても参考にならないんだけど？」

ケイは苦く笑う。種族にもよるが、伽羅は女性が力を持つ一族である。伽羅の男は非力で温和、臆病で気も小さいと見事に影が薄く、伽羅族の中でも立場などあったものではなかった。

そもそも伽羅族は、高い生殖能力を有したが為に、子供をもうけるための家畜同然の扱いを受けてきた。長い屈辱の日々に終止符を打ったのは、氷国王の庇護《ひご》を受けるという最大の功績を挙げた現在の族長あってこその賜物《たまもの》であり、彼が男であったが故に、伽羅族の中で男なるもののポジションは少し、ほんの少しではあるが向上したと言える。

「やっぱりもう一回見てこようかしら」

「止めておきなさいよ、子供に障ったらどうする気なの」

レイラは、男の子供を懐妊していた。産まれるまでの半年、あまり無茶な事は出来ない。

「瑪瑙の獣は凶悪よ。本当に、ここに来るまでの道中の危険さっていったら」

「本当に変われば変わるものね。男でそんなに変わる女だったとは驚きよ、当主」

「それはあたしもびっくりよ」

レイラは溜息を漏らす。こんなに愛おしいというのに、あの男はなにをしているのだ、憎らしい。

「あたしとしても、是非来てもらいたいところだけどね。当主がそれほど入れ込む男を見たいのもあるし、伽羅の皆が、当主がピリピリしているものだから怯《おび》えちゃって」

レイラは首を竦《すく》める。なんとなくそうかとは思っていたが、人の心配をしている心の余裕は今のレイラにはない。

「あんた全く働かないしさぁ、当主。仕事も滞って大変よ。あんた恋煩いしてる場合なの？　当主の業に漏れなければ、せいぜい残り半年くらいの命でしょ。ぼけっとしてないで今のうちにやっとかなきゃならない事はないわけ」

レイラは言いたい放題の悪友を睨《ね》め付《つ》けながら、溜息を漏らす。

「ないわね、微塵《みじん》も。余生はあの男が側にいてくれたらそれでいいの。それだけでいいの。大満足よ。側にいれば、ね」

どん、とレイラは机を叩く。ただ一つの望みが叶わないからこそ、こんなにもやきもきするのだ。レイラには時間がないというのに、二ヶ月も無駄にしてしまった。もうあの日の思い出だけでは、足りない。

「本当に来るかどうかも分かんないわよ？　逃げたのかもしれないし、何度も言うけどここは瑪瑙地区の中。瑪瑙地区を抜けられる程の腕を持っている手練《てだ》れなんて数える程しかいないって、あんたも知ってるでしょ？　そんな瑪瑙にわざわざ危険を冒して来る必要はその男にはないし、瑪瑙を越える力もおそらくはないんでしょ。いやこれ、普通に考えて、来ないでしょ」

ケイは不憫《ふびん》そうにレイラを見ながら、芝居がかった大袈裟《おおげさ》な表情をする。

「恋しい恋しい女でもいるならまだしも、あんた嫌われてるんでしょ、当主。悪い事言わないからさぁ、諦めて余生を楽しく過ごす事考えなって。苛々《いらいら》机叩《たた》きながら死ぬの？　後味悪いから止めてよ、本気で」

ぐうの音も出ない。

レイラはぽっくりと死んで終わりだが、当主を見送らされる側のつらさは、レイラも知っている。歴々の当主を実際に見送って来たからだ。

レイラは自分が当主の力を引き当てた時、まさか自分が、とは思ったものの、それ程落胆はしなかった。好いた男も特になく、子供に関しても然程《さほど》興味がない方だったからだ。尋常ならざる力を手に入れ、よその国で大家主になろうとも面会も叶わないという高嶺《たかね》の存在、氷国王への面会が通る。伽羅族の命運を担い、全ての伽羅族の頂点に立つ当主の座は、レイラにとってそう居心地が悪いものでもなかったのだ。あの日までは。

懐妊した事で、村人達は皆、レイラを憐《あわ》れむように見る。当然といえば当然で、レイラは余命宣告を受けたのだ。彼らはレイラがどれだけ苛々と八つ当たりをしようと、もうすぐ死ぬのだからと憐れみ、許してくれる。ケイのように嗜《たしな》め、憐れまずにはっきりとものを言ってくれる存在は、正直なところ有難《ありがた》い。絶対に言ってはやらないが。

「そうは言うけどさ。寝ても覚めても、あの男の事しか考えられないのよ。これが当主の呪いなのかしら？　歴々の当主もこんな気持ちで、産まずとも良いものを産む事にして、死んでいったのよきっと。これが、呪いなのよ。もう、他の事は何も考えられない」

「変われば変わるわねぇ」

ケイは目を丸くしてしみじみと言い、にやりと笑う。

「そんなに恋しいのに、説得で解決しなかったんでしょ？　馬鹿なの？　嫌われるに決まってんでしょ」

「あー、頼むからそれを言わないで。説得の手順は確かに端折ったし、抵抗されなかったとはいえ、それは抵抗させなかったに近い。それは認めるけど、残念ながらあたし、全く後悔はしてないのよ、これが。だって、名前も知らない赤の他人よ。あの時手を出さなかったら、雷国に帰ってしまってそれきり、もう二度と会う事はなかったわけでしょ。耐え難《がた》いわ。悪い事はしたけど、後悔はしてない」

はいはい、とケイは溜息《ためいき》をつく。

「そんなに恋しいなら、大人しく待ってな。待つって決めたのはあんたでしょ。苛々して仕事疎《おろそ》かにしてんじゃないわよ、当主。あんたはまだ、当主なのよ」

「分かってるわよ。溜《た》まった書簡、持って来なさいよ。言っとくけど、あんたも残るのよケイ。引き継ぎはあんたにして貰《もら》うんだから」

「えっ、嘘でしょ!?」

ぎょっとしたように言うケイに、レイラはにやりと笑う。

「ははん。忙しいってんなら、あんたも道連れだからねケイ。あたしが死ぬまでこき使ってやるんだから、覚悟なさいよ」

「冗談でしょう！」

当主は日を置かずして新たに生まれる。だが、誰に当たるかはその時まで分からない為、現当主から次の当主に、実際に仕事の引き継ぎは出来ないのである。その為、当主の代わりが決まった時、仕事は一旦、誰か別の者に引き継ぎされる。その中継ぎの者を経て、仕事は新たな当主のものとなる訳だが、はっきり言って中継ぎはかなり大変な仕事である。

誰もやりたがらないので、当主がいつの頃からか指名するようになって久しい。

「前任の人でいいじゃないのよ！　殆《ほとん》ど仕事内容分かってるんだから！」

前の当主が亡くなる際に引き継いだ中継ぎの者は、レイラに仕事を教えてくれた人に当たる。引き継ぎが終わったからといって仕事は終わりではなく、新しい当主が仕事に慣れるまでのサポートまでが一括《ひとくく》りだ。最近になってやっと解放されたばかりである。

「知らないの。彼女子供が出来たばっかりよ。可哀想《かわいそう》でしょ」

「……くっ」

ケイはがっくりと肩を落とす。次の当主の技量にもよるが、長ければ三年以上、ケイは仕事に忙殺される事が今、確定した。

※

早く、早く、お願いだから来てと、そう願うこと更に一ヶ月が過ぎた頃。

ケイを苛《いじ》める事でストレスをなんとか発散して来たが、愛《いと》しい愛しいはいつしか憎しみにすら変わりつつあった。今日かもしれない、今日かもしれないと毎日じりじりとした思いで待ち続けるだけの生活に、とうとう限界が見え始めていた。

きっと今日だと期待する気持ちと、もう二度と来る事はないかもしれないと諦める気持ちの乱高下が激しく、気分の浮き沈みが如実に表れるようになった。仕事をしていても、ぶるぶると腕が震える事がある。脳が考える事を拒み、何も手につかなくなる時がある。

日常生活に明らかなる支障を来たし始め、とうとう誰もレイラに近寄らなくなった。ケイだけが引き継ぎを兼ねてずっと側にいたが、外に出かける時にも彼女は付いて来た。振り返ってみればこの頃のレイラは、物を見れば投げ飛ばし、蹴り飛ばし、幸せそうな男女を見かけては八つ当たりをする、とんでもない迷惑を撒《ま》けるだけ撒き散らかしていたように思う。元々気性は荒い方だが、当主となってからは尋常ならざる力を手に入れたせいで軽くいくつか家を破壊した。

ケイですらレイラの機嫌を取り持つのも最早《もはや》これまで、伽羅族に血の雨が降る寸前のところで、その男はついに現れた。

突然現れた男に、レイラの機嫌の悪さから窶《やつ》れきった門兵は、最初は冷たくあしらったのだという。商売相手以外、何人たりとも許可なく村に入れないのが決まりだ。例外はない。それが門兵の役割であり、仕事であった。しかし、男がレイラの名を口にした途端、みるみるうちに破顔し、感激のあまり涙を流して跪《ひざまず》き、手を合わせるようにして拝んだという。それには男が目を丸くして後ずさったそうだ。

門兵がレイラの元に案内する間に通った道すがら、誰しもが男が誰であるのかを察し、万歳三唱の上に自然と平伏《ひれふ》したというのだから、男はさぞ面食らった事だろう。神でも降臨したが如《ごと》く、フードを被《かぶ》った旅装束の男に、皆が一様に心から待っていました、と声をかけたのだそうだ。顔から火が出んばかりに恥ずかしい。

その時もちょうど、レイラは八つ当たりの最中であった。

「うるさいわね、そんな交渉、応じないったら応じないわ！」

例によって、妻が欲しいという客の話を持ってきた村人が、何故《なぜ》か仕事を持って来ただけだというのに正座をさせられて怒鳴られていた。

「で、でも当主。最近は客を断ってばかりで、」

「うるさいわね！　あたしがこんなに待ってるっていうのにあいつときたら！　あたしが不幸だというのに、他の誰かを幸せにしてやる道理があるっての⁉」

あるわけないでしょ、と投げつけた皿が、壁に当たって弾《はじ》け飛ぶ。レイラの力を以《もっ》てすれば、皿など投げるまでもなく粉砕である。二枚目の皿は投げる前に割れた。

「彼女は何をあんなに苛々されているんですか？」

「なんですって⁉　誰よ、もう一回……」

言ってみろ、とは続かなかった。

何やら懐かしい声がしたような気がして、おそるおそる戸口を見遣《みや》る。零《こぼ》れ落《お》ちそうな程に目を見開き、ぱっかりと開けた口はぱくぱくと言葉を発する事なく空回りするばかりだった。

「やっぱり粗暴なんですね、彼女」

声の主をみとめたレイラは、耳まで真っ赤に染め上げ、先程までの般若《はんにゃ》の如き顔をどこに放り投げたのかすっかり引っ込めて、今にも泣き出しそうな、穏やかな女の顔になる。

ここまで案内してきたらしき女性が、やっと来ましたと言わんばかりの感極まった顔で、目頭にたまった涙を拭っている。

「お、おおお、遅いじゃないの！」

レイラは反応に窮しながらも、なんとか言葉を吐く。急にしおらしい声が出た気がして、レイラは見守る村人達の手前、ばつが悪くなって次の言葉が中々出ない。

「そうですか？　時期の約束はしていなかったので。これでも早く来た方かと思ったのですが、どうやら、早めに来て正解だったようですね」

男は辺りを見渡し、物が破壊され、散らばっている惨状に小さく噴き出すように言った。

レイラは真っ赤になって、慌てて男に飛びかかり、その身で彼の視界を隠す。

「ち、違うわよ。これは全部あたしが壊したわけじゃないんだからね！」

「ここレイラの家でしょう？　他に誰が壊したというんです。訪ねて来ただけで、まさか見ず知らずの方々にこんなに泣かれてしまうなんて。遥々《はるばる》瑪瑙地区を抜けて来たのに、なんだか悪者みたいで」

「もう分かったから、ちょっと黙ってて！」

レイラは、顔から火を噴きそうなほど真っ赤になって叫ぶ。

村人が、見ている。今日まで威張り散らして暴れてきた記憶がなまじあるだけに、こんなまだら若き年下の男を前に真っ赤になって狼狽《うろた》える姿など、晒《さら》せたものではない。睨《にら》まれることで圧力をかけられた、その場にいた者達が一目散に去って行く。おそらくは彼らが、今のレイラの様子を町中に触れて回るのだろう。恥ずかしいったらない。

「まさかとは思いますが、来るのが遅いと、なんの関係もない村の方々に八つ当たりを？」

男は観察するように、じっとレイラの顔を覗《のぞ》き込んでくる。これが惚《ほ》れた弱みか、久しぶりに見た男の顔のあまりの美しさに、完全に思考が停止している。

「お、お前の子供、懐妊したわよ」

八つ当たりをしていたなどとは言えず、レイラは男の問いを躱《かわ》して言う。

「ああ、やはり懐妊したのですか」

男もまた、レイラが回答をはぐらかした事には触れず、視線をレイラのお腹《なか》で留《とど》めた。

「触ってみても？」

「え!?　もちろんよ、触って頂戴」

触れてくれるとは思ってもみなかった。そっとレイラの腹に触れた手に、また動悸《どうき》が早くなる。

「まだ、よく分かりませんね」

「産まれる頃にならないと無理よ。そんなことより、再会を祝して抱きしめてもいい？」

「駄目です」

男はしらっとレイラを切り捨てる。一度体を重ねておきながら、今更質問するのもおかしなものだが、男がレイラに触れるにあたり許可をとってきたので、ついつられてしまった。レイラはにこりとも笑わない男の機嫌を損ねないように、そろりと手を伸ばす。

男は表情一つ動かさず、微動だにしなかった。駄目だと言われても、抱きしめたいという気持ちがどうにもならない。じっとレイラが何をするのか、瞬き一つせずに見守る男の目に自身の姿が映り込んだ。

壊れ物を扱うようにそっと、抱きしめる。ふわりと漂う男の香りが懐かしく、やはりくらくらする程に甘くて涙が出そうになる。ああ、やはり愛おしい。

「貴方《あなた》を、なんと呼ぼうかずっと考えてたの」

「決まりましたか？」

駄目だと言ったものの、男はレイラを振り払う事なく問う。少し男の肩に力が入っているような気はしたが、払いのけられなかったので良しとする。

「ソウ、でどうかしら」

男の表情は、レイラの肩先に収まっていて見えなかったが、少し間があった。気に入らなかったのだろうかと問いかけようとしたところに、先に男からの言葉があった。

「なんでもいいですよ。では、今日からその子が産まれるまで、私はソウと名乗りましょう」

「いられるのね、産まれるまで」

「ええ、許可は頂いてきました。その代わり」

「氷国ね。分かっているわ、直《す》ぐに申請する」

なされるがままになっていた男は、ここに来てぐいとレイラの体を押し戻すと、扉にもたれるようにして溜息を吐いた。離れてしまった熱が恋しく、伸ばしたままの手に行き場がない。

「まさかと思いますが、レイラは族長なのですか？」

なぜ、と問うことはしなかった。町の様子や、村人の態度などから察するのは易《やす》かろう。正確には族長は別にいる。レイラは能力を受け継いだ当主だ。その違いを、ソウは分かっているのだろうか。

「ソウは、伽羅について詳しいの？」

「それほどでは。生殖能力の高さや、不思議な力を持つ当主がいること、男性は獣になれる、くらいのものでしょうか」

レイラは迷う。ここで嘘《うそ》をついても良かったが、ソウはこれから三、四ヶ月はこの地に滞在するのだ。そして自分は皆に当主と呼ばれている。今から箝口令《かんこうれい》を敷いたところで、ボロが出ない可能性の方が低い。ここはソウが、当主が死ぬ定めであることを知らぬ方に賭けるべきだ。この事実は、余程詳しい者でなければ知る術はない。一族の秘密に近いのだから。

「私は当主なのよ」

「では、一族の生殖を司《つかさど》るという、あの？」

少し目を見張り、ソウは知っている情報を思い起こそうとしているのか、考える素振りを見せた。

「そうよ。だから、貴方の子供を生《な》す時、私は子供を作らない手立てがあった。怒る？」

「怒るのはそれ以前の事です。生す生さないの話ではない」

ソウは説教じみた事を言うが、御尤《ごもっと》もなので黙って聞いておく。大人が受ける注意ではない。

所在無げに佇《たたず》むレイラに、ソウは家の中を見回しながら、座ってもいいですかと問うた。立ち話もなんなので、レイラは奥の台所へと案内する。レイラの家は当主としての仕事場を兼ねており、玄関から入って直ぐに広がる広間は当主としての仕事部屋である。左手にある扉へ進むと台所と四人掛けの机に椅子、更に奥に私室がある。

座る前に台所を観察したソウは、へえ、と小さく喉の奥で呟《つぶや》いた。耳聡《みみざと》く聞き取ったレイラは何が「へえ」なのか非常に気になり、つられるように辺りを見回す。普段料理をしないため、レイラは台所なる空間に長く居る事がない。そのため現在のレイラの家の中では最も片付いている空間であると思うのだが、ソウには片付いているように見えるのだろうか。

レイラが腰を据えると、ソウも後から席に着く。真正面ではなく斜め向かいに座る意図は、如何《いか》に。レイラはソウの一挙手一投足に疑問を抱いたものの、それを問う前にソウから声がかかる。

「伽羅村というのは、どの程度の村なのですか？」

「どの？　大きさの事？」

「城下町というのは大概、規模がそう変わりませんので大きさが想像しやすいのですが、村という単位は最も想像が難しい。十数戸で一つの村もあれば、城下町に匹敵するような村もありますから」

「うちは閉鎖された村だから、他の国の事とか、よその村の事とか、そういう事は一切分からないんだけど。伽羅村で言えば、人口は現在七千を超えたくらい」

「七千。それは、中々の規模の村ですね」

話を聞く態勢に入ると、ソウは視線をレイラにしっかり固定した。新しい事を知るのがそもそも好きなのだろう、レイラだけを見る目に吸い込まれそうになりながらも、会話が終わり、ふいとソウがそっぽを向いてしまう事を恐れ、視線を逸《そ》らさせてなるものかと平然を装って応じる。

「そうなの？　重宝されてきたっていったら聞こえはいいんだけど、伽羅は長く、子供を作る事だけを目的とした家畜のように扱われて来たもんだから、なんていうか、数が減らないようにしっかり配合管理されてたのよね。数としては多い時で数万からいたって聞くわ。転機となったのはやはり先の時代。この時代の乱獲時にはこの配合が全くなされなかったから、ここに居を構えた頃は、伽羅は三百人程度しか残っていなかったらしいわ」

レイラに言わせればぞっとする程少ないが、ソウは特に少ないという感想は抱かなかったようで、表情を変えない。

「七千という個体数に関しては、伽羅としては数が多いっていう感覚はないわね。一時出産を推奨してある程度回復させたけど、最近では卵の凍結を望む者が増えたから、出生数で言うと落ち着いちゃってるっていう印象よね」

「なぜわざわざ皆さん凍結を？」

ソウが不思議そうに首を傾《かし》げるのを、レイラはうっとりと眺める。さも自然にそこにいるが、どれだけレイラが待っていたか、この男は分かっているのだろうか。

「なぜって、そりゃあ凍結しなければ、生涯で一体何人子供を産む羽目になると思うの？」

「それはそうですが、当主が現れるまでは、それが普通だったのでしょう？」

「まぁね。考えられないわよね、今となっちゃ」

凍結をしなければ、枕を交わす度に伽羅は増える。伽羅の男と女から生まれた子だけが生粋の伽羅族として高い生殖機能を持つのであって、他の種族と血が混じった子孫には生殖能力は継承されない。伽羅の相手となった種族の容姿や血に眠る能力を継承するため、自分の血をより濃く残せるとして伽羅の女は子供の母親に望まれてきた。

レイラはソウの子供を産む。産まれてくる子供はソウに似た容姿で、ソウと同じ種族的特徴を継承する事だろう（目下なんという種族なのかも知らないが）。当然、産まれてくる子供には高度な生殖機能は望めない。

「男性の数が明らかに少ないのは、何か原因が？」

「それは昔からだから、原因は分からないわね。男が出来たら万々歳。だから女は外に嫁がせるけど、男は売らない。足りないものを売る馬鹿はいないでしょ？」

「男性は転変出来ると聞きますが」

ソウは、その知的好奇心が旺盛な事を示すかのように、とうとう身を乗り出すようにしてレイラの話を聞く体勢に移る。徐《おもむろ》に身を乗り出したソウの顔が少しだけ近くなって、それだけで胸が弾む。

どうやらここ一番興味があるようなので、レイラはここぞとばかりに隣の席に移動する。斜めに座っていたソウと正対し、更に顔が近くなった。話に夢中であるせいか、ソウはレイラが移動した事に対し、何も言わない。

「出来るわよ。ソウの言う通り、男だけ」

「見せて頂くことは出来ますか？」

ソウはきらきらと瞳を輝かせ、子供のように言う。

「うーん。一度転変したら空を自由に翔《かけ》る最高の乗り物になるのだけれど、これも個々の才能が大きいところで、一度転変したら大概の男が一ヶ月は寝込む。それに実はここだけの話、転変自体、自分の意思で出来る者は少ないの。自分の身に危険が及んだ場合であるとか、切羽詰まった状況で突然転変する事が多くてね。同様に、一度転変したら自分の意思で人型に戻れるものでもない。転変はそれ自体で相当の力を使うらしく、体力が限界に達した時に人型に戻るといった具合でね」

氷国の庇護《ひご》下に入って以来、伽羅族の男は益々《ますます》、すっかり平和呆《ぼ》けしたもので、二十歳頃までに迎える第一転変が起こった後、一度も転変がないままの者も多い。

「自分の意思で転変し、人型に戻れ、更に二、三日休んだだけでまた転変できるような男はほんの一握りなんだけど、今、氷国に出稼ぎに行かせていないのよね。氷国に行く時でよければ、紹介するわ」

「そうなのですか。いえ、お構いなく。私に見せる為《ため》に仕事を休む羽目になっては申し訳ないので。機会に恵まれるようなら、拝見させて下さい」

ソウは聞き分けの良い大人のような事を言って、椅子の背凭《せもた》れに体を預けるように、身をすっと引いた。途端に顔が遠くなってしまったので、レイラなどは心の中で舌打ちをする。

「伽羅について知りたいと思ってくれるだなんて、なんだか嬉《うれ》しいわ」

「せっかく来たのです。滅多にお目にかかることの出来ない伽羅族を近くで観察する機会ですから、ここは前向きにと思いまして。後ほど伽羅村も案内して頂けませんか？」

もちろん、とレイラは頬杖《ほおづえ》をつき、ソウだけを見つめる。思い出だけを食《は》み続けた苦痛の日々であったが、動き、話す実物がとうとうレイラの目の前に転がり込んできた。眺めたくもなる。

「レイラはもしや、氷国王とも面識があるのですか」

「そうよ。どう、あたしの相手に望まれた事を誇らしく思えた？」

「誇りに思うことはありませんが。そんな女性に好かれた自分は誇りましょうか？　氷国王といえば、この世のものとは思えない程の美貌だと聞き及びます」

もっとも、なぜ好かれているのか全く理解できませんが、とソウは小さく呟いた。それを耳聡く聞き取ったレイラは、彼の独り言に対して返事をする。

「匂い、かしらね。貴方《あなた》の匂いは、あたしに合っているのでしょう。あたしの僅かな女の部分が、全身に訴えてくるのよ。この男を逃すな、って」

ソウは答えを求めてはいなかったのだろう、小さく肩を竦《すく》めただけでそれに対する返事はしなかった。きっと、何を聞いても理解できないと思っているに違いない。レイラの熱烈な思いに、無機質な反応を示す。

「あたしが貴方を愛していることだけは理解してくれたのね。それだけで嬉しいわ」

「……その、愛しているというのは止めませんか。どうも気持ちが悪いというか」

男は目を泳がせる。その仕草すらもレイラを刺激していることに、彼は気付いているのだろうか。小悪魔め。

「あたしは、あたしのやりたいようにする。首を長くして待ったものがやっと手の中に飛び込んできたの。約束の日まで、覚悟なさい。あたしは手加減しない」

「……お手柔らかに」

ソウは心底ぞっとしたように苦い顔をする。せいぜい怯《おび》えるがいい、レイラには関係がない。触りたければ触る、抱きたければ抱く。レイラはどうせ嫌われているのだ。残り短いソウとの時間に、遠慮などしない。

※

ソウを連れ立って村に出ると、家から出ただけで歓声が上がった。どうやら一目ソウを見ようと、大勢押しかけてきていたらしい。家を取り囲むようにして近隣の者達が群がっている。

すっかりフードを落としたソウは、さらさらと美しい髪を風に遊ばせながら、目を丸くしながらも事態を見守る傍観の姿勢に入る。これだけの黄色い悲鳴を一身に受けても物怖《ものお》じしないとは、さては言われ慣れているなと、少し心が靄《もや》っとした。

「これがレイラのお気に入り？　やぁだ、確かに可愛《かわい》い！」

その筆頭、ケイがソウの頬を両手で包み込み、顔を覗《のぞ》き込む。ソウ自身は逃げるでもなくされるがままになっているが、レイラがかっとなってケイの手を振り払う。

「ちょっとケイ！　ソウに手を出したら殺すわよ」

「おお怖っ。ソウっていうのね。あんた若いのには食指が動かないんじゃなかったの。あー可愛い、食べちゃいたい」

「……伽羅っていうのは、こんな女性ばかりなんですか？」

ソウはげんなりしたように言う。

「こいつと比べられるのは心外だわ！」

「初対面で子供作ったやつの、どの口が言うのよ！」

喧嘩《けんか》を始めている間に、ソウが人波にのまれてどんどん遠ざかって行く。その行く先々でなにやら声をかけられているようで、レイラが慌てて人垣を蹴散らした後にはぐったりと項垂《うなだ》れるソウが残った。

「この村、身の危険を感じるのですが。よもや、その辺でのしかかっては来ませんよね？」

ソウは心なしか顔色が悪い。揉《も》みくちゃにされがてら過剰に触られたらしく、マントの前を抱えるように頑《かたく》なに合わせ、丸くなっている。

「大丈夫、当主の男に手を出す馬鹿はここにはいないわ。そんなことより、氷国。行くでしょ」

「もう許可が？」

「ふふ、口づけをしてくれたら連れて行ってあげるわよ」

レイラは唇を差し出したが、ソウは冷ややかに言った。

「氷国に行くのは最初の約束でしょう。レイラが約束を破るというのなら、こちらにも考えがありますが」

つれない男だ。だがそれすらも可愛いと思う自分は、やはり病んでいる。レイラはソウからのキスを諦め、その頬に勝手に唇を押し当てた。

「レイラ」

「ふん、口づけをしないなんて誰が約束したのよ」

「私はそんな事をしに来たのでは」

「ソウがどんなつもりで来たかは知らないわ。愛する男に口づけをしてなにが悪いっての。言ったでしょう、覚悟しなさいって」

ソウはなにかを言いかけたが、結局諦めたように項垂れ、溜息《ためいき》をつく。

彼の事が知りたい。もっと、もっと。

レイラは改めて、まじまじとソウを観察する。話をしている感じや、凛《りん》とした佇《たたず》まいから想像すると、二十歳を過ぎていても違和感はないが、十代である事は間違いない。仕えるべき人がいると言っていたことからも、官吏であることもほぼ確定事項だ。かなりしっかりと教育されているのだろう。

いつも答えをはぐらかす彼は、年齢くらいなら答えてくれるだろうか。

「ソウは、いくつなの」

「それを知ったところで、何か変わるとも思えませんが」

嫌な顔をされてしまった。しかし、怪訝《けげん》そうに眉根を寄せても可愛い。惚《ほ》れた弱みというものは、思っていた以上に恐ろしい。

「十八です」

「えっ!?」

答えてくれたという驚きよりも、衝撃の返答があった。

「良心の呵責《かしゃく》でも？　貴女《あなた》にそんな良識、求めていませんが」

「いや、手を出した事には全く後悔はないわよ。でも、そう。十八」

レイラは、お腹《なか》に手を当てる。まだたった十八年しか生きていない子供に、子供という枷《かせ》を背負わせてしまったことに、少しばかり申し訳なさを覚えた。想像よりは若かったが、やはり何がどうあっても、この男を選んだ事には微塵《みじん》も後悔はない。

「そういうレイラは、いくつですか」

「え？　あー、その、い、いくつに見える？」

ソウはじっとレイラを見つめながら口を開く。視線だけで射殺《いころ》されそうに心臓が痛い。

「分別のなさだけで鑑みれば、十歳程度。見た目が二十歳程度。そうですね……」

レイラの肉体は、二十三の頃に成長を止めた。肉体成長が止まっていると、当然見た目から実年齢は判別できない事になる。実年齢より若く見られた事を喜ぶところなのか、大人の女と思われていない点を悲しむべきなのか、心持ちとしては非常に微妙だ。

明確な答えを聞くのが恐ろしくて、レイラはソウの答えを待たずに言う。

「……まあ、いいじゃない、そんなことはどうでも。しかし、どんな育ち方をしたら、貴方みたいな大人びた雰囲気の子供になるのかしら。仕えている人っていうのは、どんな人なの？　どこの誰かは、言えないんでしょ？」

ソウは辺りを警戒しているのか、道行く住人達を観察するように見ながら、レイラに視線を寄越す事なく答える。

「言えません」

「どうせ聞いても分からないのに？」

「では聞かないでください」

取りつく島もない。怒ってはいないのだろうが、そもそも根本的に、レイラを嫌っているのだろう。だから彼は笑わないのだし、怒っているように見えるのだ。

蹴散らした村の女達が、未《いま》だちらちらと遠巻きにソウを見る視線を敏感に察してか、ソウはきょろきょろと視線を泳がせる。あちらを向いてしまったかと思えば、不意にその綺《き》麗《れい》な顔がこちらに向き直った。その度に、一々レイラの心臓は跳ね上がる。レイラを見ているのではない。それでも、レイラの目にソウが映っている、ただそれだけの事がこれほどまでに嬉しい。

「もう来てくれないかと、思ってたわ。実は」

「約束ですから」

「そうね。でも、首を長くして待ってたの」

ソウが振り返る。レイラを、見ている。

「正直に言えば、貴女が伽羅でなければ、懐妊の可能性が極めて低ければ来ませんでした。こうしている間、私は仕える主人から目を離しているのです。その間に不慮の事態が起きたらと、考えるだけで恐ろしい」

「そんなに大事な主人なの」

「ええ。私は、あのお方より後に死ぬことはない」

「男？　女？」

レイラの問いかけに、ソウがきょとんと目を丸くする。

「は？」

「その主人よ。男なの、女なの？」

「主人のことは、何も」

「男か女か、聞いてるだけよ！　この世界の半分が男で、半分が女よ。そんなの分かったところで、あたしがソウの主人を捜し当てられるわけないでしょ!? そもそも言っておくけど、あたしはソウの素性を洗って会いに行こうなんて、これっぽっちも思ってないわ。迷惑なことくらい、このあたしでも分かるわよ。ただ、愛する貴方の事を、一つでも多く知りたいだけじゃない」

愛する、に殊更力を込めて、ソウが口を挟まない事を確認してから続ける。

「正直貴方の主人のことなんて、どうでもいいわよ。貴方が好きな人がどういう人間かに興味があるだけで、それがどんな地位の誰だろうが、そんなことはどうだっていい、関係ないもの。だから隠したいなら隠せばいいけど、これだけは言いなさい、男なの、女なの！ 正直なところ、女なら殺してやりたいわ！」

ソウは言葉もなく、ただ目を丸くしている。まくしたてたレイラはと言えば、ソウの愛を一身に受けるその主人とやらが、妬ましくて仕方がない。

ソウは一にも二にも、その主人を優先する。後に死ぬことはないとまで言い放った彼の、崇拝する主人がもしも女だったらと考えただけで、心臓が飛び出しそうだ。

不意に、ソウが笑い始めた。心底可笑《おか》しそうに、けたけたと笑う姿が可愛くて、つい見《み》惚《と》れてしまう。笑った。ずっと仏頂面だった彼が、笑った。

「恐ろしい嫉妬もあったものですね、レイラ」

「しっ、嫉妬？」

そうか、これは嫉妬かとレイラは恥ずかしくなる。いい年をして、こんな子供相手に何を言っているんだろうかと思う半面、それほどまでに愛しているのだと思える事に感動すらしている。そんな男に、レイラは巡り合ったのだ。

「ええ、そうね。だから言いなさい。男か、女か」

「男ですよ」

ソウは可笑しそうに即答する。先程まで何も答えなかったのが嘘《うそ》のように、小さく笑う。

「困った人ですね、レイラ。私はどうやら、とんでもない人に目をつけられてしまったらしい」

「本当に、男？」

「ええ。私の周りに、女性はいませんよ」

見間違いではない。ソウが、レイラに笑いかけている。その笑顔が、レイラだけに。嬉《うれ》しくて堪《たま》らない。心臓というものは、こんなにも速く鼓動を打つことが出来たのかと、心配にすらなる。

「なにをにやけているんです？」

ソウは不思議そうに、しかし少し距離をもってレイラの顔を下から覗き込む。そう上目遣いに見られたのでは、抱きしめてやりたくなる。心臓がもたない。

「あんたが可愛《かわい》くて堪らないのよ！」

「え？　どこがです!?」

ソウは何かを察してか、さっと飛びのいてしまった。肩を竦《すく》めて、怯《おび》えるようにこちらを見ている様子はまるで小動物で、レイラには可愛くて堪らないが、本人は初めて会った時のことが余程トラウマになっているように見受けられる。

「笑った顔、とか」

「では、笑わないように心掛けます」

「ちょっ!?　そんなに警戒しないでよ！」

「残念ながら、貴女の人間性を信用した訳ではありませんので」

また取りつく島もなくなってしまった。

笑顔からのギャップに、ソウなりにレイラから身を守ろうと素っ気なく振舞っているのかもしれない、とふと思った。

彼は、話をする時にはちゃんと目を見て話してくれているし、会話もしてくれる。だが、レイラを警戒しているのだろう、距離を縮め過ぎないように頭で考えた距離を保っているように思える。レイラに好かれないように、敢《あ》えて素っ気なく振舞っているような、本当の彼はこうではないような、そんな違和感がある。

「本当よ、ソウ。ただちょっと、手を繋《つな》いだり、抱きしめたいだけよ。だってしょうがないでしょ、愛してるんだから。だからそんなに警戒しないで」

ソウは、ちらりとこちらに視線を寄越し、真顔で言う。

「そこまで言うならば、是非行動で証明して頂きたいものですね」

「分かったわ、どうしたら信用してくれる？」

手を伸ばしかけて、止める。触れたくて堪らないし我慢するつもりは毛頭ないのだが、やはりどうせなら素っ気ないよりは、笑っていて欲しい。先程の笑顔は、心を照らすように眩《まぶ》しかった。

「日々の行いでもって判断させて頂きます。初対面があまりにも酷《ひど》かったので、これ以上悪くなるような事はそうそうないかとは思いますが、私と貴女は、他人です。夫婦でないどころか、想《おも》い合う関係ですらない。そこのところを肝に銘じ、良識のある行動を是非お願い致します。とてもではないですが、何ヶ月も保《も》ちそうにありませんので」

「うっ、……わ、分かったわ。気をつける」

どこまでが彼の中で良識的なのか、推し量るところから始めろという訳だ。距離を縮める為《ため》には仕方がない。

「あと、これだけは聞いておきます。私が貴女を愛せなくても、貴女はそれでいいんですか」

「そりゃあ、愛して欲しいけど。これでもかってくらい、いちゃいちゃしたいし。でもそれは、願ってどうにかなることではないから、仕方ない」

「私は、十八ですよ」

「さっき聞いたわ」

「貴女から見たら、まだほんの子供でしょうに」

ソウがそう言ってする呆《あき》れ顔《がお》も、こんなにも愛おしい。

レイラがそっと伸ばした手を、ソウは振り払わなかった。繋いだ手が熱くて、全身に電流が走っているよう。なんだか泣けてさえくる。このくらいの事は、どうやら許してもらえるらしい。

「ふふ、愛してる」

「それはもう聞きました」

ソウは苦く言って、小さく微笑《ほほえ》んだ。

※

氷国は、その名の通り氷に覆われている。

氷国を覆う氷は、王の力によって出来た氷である。寒いから固まった訳ではない。

伽羅の居住区と、氷国はそれぞれ分厚い氷で覆われ、外敵の侵入を拒んでいる。外側から見ると、蜃気楼《しんきろう》のように中の風景は揺らめき、きらきらと光って幻想的だ。

ソウは興味深そうに氷を拳で叩《たた》いてみたり、角度を変えて見てみたり、ひとしきり氷の壁を堪能《たんのう》していた。雷国では、水が凝固に至る程寒い地域はあまりないそうで、ソウはまずこれほどまでに巨大な氷を見るのが初めてだと、目を輝かせて言った。

その様子を眺めながら、レイラは可笑しくなる。何かに熱中している姿だけは、年相応の青年に見える。

「レイラ、これは本当に水なのですか？」

まだ信じられないのか、ソウがこちらを振り返る。氷と同じくらい、彼の目が輝いて眩《まばゆ》くすらあった。

「あたしもよくは分からないけど、そうらしいわよ。水が固まると氷になって、なんだっけ、なんかもう一つ違う形態があるらしいわよ」

「それは、どういうものなのです？」

「さあ。目には見えなくて、その辺どこにでもあるらしいわ」

「目には見えない。それを、氷国王様は扱う事が出来るのですか？」

そうらしい、としかレイラには答えられない。そんな細かいことまでは、聞いたかも知れないが忘れた。

氷国に入るのは、至って簡単である。氷国王の許可があれば、氷の一角がさっと溶けて入り口になる。門番はいるが、彼は氷国王への入国申請をするだけが仕事であり、せっかく訪ねてきても、王がいなければ絶対に国に入ることは叶《かな》わない。氷が、溶けないからである。

レイラは予《あらかじ》め約束を取り付けてあったので、氷国官吏なる門番に来訪を告げると直《す》ぐに申請を行ってくれた。門番が申請者の氏名を記した板を、運搬担当の者に渡す。運搬の担当者は転変が自力で出来る伽羅の男であり、空を飛んで氷国王の部屋まで直接板を届け、直ぐに申請が受理される仕組みになっている。

この仕事は、先の当主が氷国王に願い出て得た仕事である。伽羅の男をローテーションでこの仕事に就かせ、見返りに当初三割であった売上の納金を、二割にしてもらった。そもそも氷国王はお金に執着がなく、あっさりと受け入れられた。便利だから、とその一言で片付いたと聞く。

その日の当番は、ケイの一人目の子供の父親、サガであった。既に転変した後の姿であった為に転変する様子こそ見る事が出来なかったが、混じり気のない真っ白の体軀《たいく》をした獣を見たソウは、分厚い氷越しであったため子細までは見えなかったであろうに、綺麗だと嬉しそうに笑った。

「あのサガなら、転変を見せてくれるかもしれないけど」

「優秀な方なのですか？」

んー、とレイラは苦く笑う。

氷国に住まい、転変により伝達係を引き受けている伽羅の男は、現在三人。皆自分の意思で転変が出来る、伽羅の男の中でも特異な所謂《いわゆる》エリート勢である。

「ケイの一人目の夫でね、サガっていうんだけど。まだ頼みやすくはある」

サガは、言葉を知らないのかという程に寡黙な男で、ケイの猛プッシュの末に彼女と子をもうけた。暗い男であまり人気はなかったが、成人後、転変が自在に出来ると知れるや人気者となり、女達が目の色を変えて殺到した。伽羅の慢性的な男不足による多妻推奨制度を理解し、サガはケイの他に三人の女を選んだが、生真面目な性格故に皆を平等にとたてるうち、自らが心を壊した。

「端的に言えば、伽羅の女の性欲についていけなかった人」

しみじみと言うソウの言葉に、レイラは苦く笑う。突っ込むと自分に返って来そうで、反論を避けて言葉を飲み込んだ。

氷国への出稼ぎの話が持ち上がった時、サガを推したのはケイだった。疲弊しきったサガは全てを投げだして氷国への移住を決め、定住した。以後ひっそりと仕事だけをして生きており、この十年、一度も伽羅村に戻ってはいない。レイラが当主になって氷国との行き来をするようになってからは、ケイにサガの様子を伝えるようにしている。元気にしていると伝えると、それならいいとケイはいつも笑う。

そんなサガはレイラ達の訪問を受け、城へと向かって飛んでいく。少ししてから氷がどろり、と溶けて消えた。その様にもソウは甚《いた》く感激し、しばらく入り口で溶けてなくなった氷の断面を眺めていた。

氷国は小さい。

中に入ると、直ぐに城が見える。城下町は、他の国でいうところの中家ほどの広さしかなく、半分が家で半分が農地である。氷国樹立の際、戦火によって居場所を失った難民を寄せ集めて国としたため、種族としては面白いくらいばらばらで、当然異種族婚にて一つの家族が成り立っている状況であると聞く。氷国王の要請で、伽羅からも何人か花嫁を送り込んだ事があるが、当然無償で応じた。そこまでがめつくはない。

また、氷国は他国との国交がなく、すべて自給自足で生活が成り立っている。あるのは城下町だけで、家主と呼ばれる存在はない。大家も中家も小家もそれ自体が存在せず、国の全てが王都預かりであった。

それゆえ御家同士の諍《いさか》いや、権力争いといったものには無縁で、王ただ一人を信じて暮らす平和がそこにはあった。

狩猟区にあって獣に襲われる心配はなく、他国からの侵略に怯えることもない。穏やかな気候に作物の不作を嘆くことも、水不足に悩むこともない。理想郷は、質素ではあるが人々の弾《はじ》ける笑顔が眩しい、そんな平和に満ち満ちていた。

ソウは、国のあまりの小ささに驚いたようではあるが、感心したように街を眺めていた。その表情がとても穏やかで、彼の住まう国も、こうであれば良いのにと思う。

「レイラ」

不意に背後から声をかけられて、レイラは振り返りざまに平伏する。ソウは声の主の顔を確認する前に、レイラに倣って平伏《ひれふ》した。突然の事にも冷静に対処するソウは、やはり官吏なのだと漠然と思う。

「その子が、貴女《あなた》の見初めた子？」

「はい」

「いいわよ、硬くならずに顔を上げて」

レイラが顔を上げたのを見て、ソウがそれに倣う。

そこにいたのは、レイラと同じ獣族の、氷国副官であった。二十そこそこの姿をした、潑剌《はつらつ》とした美しい鍛え上げられた体をした女性で、その名を雛姫《ひなき》という。ふわりと大きくウェーブがかった桃色の髪を腰先まで伸ばし、笑うと見える尖《とが》った八重歯が可愛らしい。猫のような縦長の瞳孔が一度開くと、なんとも言えぬ圧がある。

「名前は？」

「ソウ、と申します」

ソウはしれっとレイラの付けたあだ名を名乗った。中々に図太い性格をしている。

「この国を見て回りたいそうね。どうぞ、ご自由に。でも、レイラと別行動をしない事が条件よ」

「承知しております。見学の機会を賜り、感謝しております」

「あいつは雷国に遊びに行くのですって。ソウは何ヶ月かここにいるのでしょ？　そのうち会えるかもしれないわね。その時はよろしく」

よろしくと言われても返事に困るところだが、ソウはにっこりと微笑んでうまく返す。相手が誰か分かっているように見えるが、紹介した訳ではない為、当然分かっている筈《はず》がない。適当に話を合わせる様があまりにも堂々としていて、感嘆を通り越してレイラは些《いささ》か呆れた。

「その時は、是非勉強させていただきます」

「あいつからモノを学ばない方がいいけどねぇ。しかし、確かに可愛《かわい》いボウヤだね、レイラ」

くっ、と指先でソウの顎を引き上げる雛姫を見て、レイラは慌てる。

「あげませんよ、雛姫様！」

「あはっ、レイラの男をとる気はないってば。中々、面白い相をしているなと思って」

「相、ですか？」

「貴方《あなた》、女運なさそうねぇ。こう言っちゃレイラは怒るかも知れないけど、頑張って頑張って、報われる事なく命を落とす感じ。気をつけて」

「はぁ。頑張った末に主人を守れるのなら、それで本望ですが」

「あー、そういう感じね」

雛姫は苦く笑って、ぽん、とソウの頭に優しく手を載せた。

「それもいいけど、幸せを探すにこしたことないよ。じゃ、城以外ならどこでも見て回っていいから」

「はい、有難《ありがと》うございます」

レイラとソウが頭を下げると、雛姫はさっさと行ってしまった。

完全に彼女が立ち去ったのを確認してから立ち上がったソウは、振り返って遠目に彼女の背中を見つめる。やけに熱心に後ろ姿を見つめているので、女性として好みのタイプだったのだろうかと、ひやりと冷たいものが背中を走った。

「な、なによ。そんなにじっと見つめて」

そんなに一心に、レイラを見つめた事などないくせに。

ばくばくと心臓が高鳴るレイラは、なんとか拳を握りしめる事で爆発しそうになる気持ちを抑え込もうとする。

「いいえ、あの方」

じっと尚《なお》も見つめるソウの視線には、確かに熱のようなものを感じる。

どうしよう、息が出来ない。

「……あの人が、なに」

泣き出しそうになりながら呟《つぶや》くレイラに、ソウはほう、と感嘆の溜息《ためいき》を漏らしながら言う。

「なんて動きに無駄のない。相当の手練《てだ》れとお見受け致しますが、どなただったんです?」

「……動き」

レイラは感心したように言ったソウを見遣《みや》り、へなへなとへたり込む。腰が抜けた。

「えっ。な、なんです?」

ソウがぎょっとしたように、ようやくレイラに目を向けた。座り込んだレイラを見る目は、とても怪訝《けげん》そうだ。熱視線とは相異なるものだったが、彼女を見ていた理由が分かった安堵《あんど》の方が遥《はる》かに大きい。

「いや、腰が、抜けて」

「なぜ急に」

ソウはやはり不可解そうに言って、溜息交じりにしゃがみ込み、膝を抱えるようにして視線を合わせ、レイラを覗《のぞ》き込む。悪魔か。

「で、あれはどなただったんです?」

「あたしの前で他の女に興味示してんじゃないわよ」

ぼそりと言って睨《にら》むと、ソウは噴き出すように笑った。現金なことに、途端にぱっと心が満ちてくる。

「あはは、なんですかそれ。質問に答えて頂けないと、何度でも尋ねる羽目になりますが？」

それはそれで困る。笑顔につられて機嫌を直したレイラは、覗き込んでくる目を見ながらしどろもどろに応じる。笑ってくれたら笑ってくれたで、心臓がうるさいのだから困ったものだ。

「あれは、氷国の副官様よ」

言った途端、ぴたとソウは笑顔を引っ込めて目を丸くする。

「……は？」

珍しく間抜けな声が漏れた。おかしくなって、レイラはふっと笑う。

「あはっ、副官様よ、副官様。この国で、王の次に偉い人」

「じ、冗談でしょう」

ソウは驚きすぎて言葉もないのか、慌てて今一度振り返る。残念ながら、既に雛姫の姿はどこにも見当たらなかった。

「誰だと思ってたの」

レイラが笑うと、ソウは遠くを見遣りながら呟くように言う。

「レイラは当主とはいえ、官位のない一村人ですから。普通に考えれば正十五位ですが、レイラが直《す》ぐに平伏する程となるとせいぜい正十三位から正十四位程度の、見回り官吏の方かと。……こちらの副官様はいつも、市井をあんな風に歩いてらっしゃるのですか？」

「やっぱり他の国は違うものなの？」

「我が雷国の王は病弱であらせられる事も関係があるかも知れませんが、一歩たりとも城からお出ましにならないと聞きます。雷国では実質副官様がお国全土の取《と》り纏《まと》めをされている現状ですが、副官様の補佐であらせられる大官長、大官の方々までも殆《ほとん》ど城から出られる事はないとか。お年の頃も、性別も、当然容姿に至る噂《うわさ》まで、お上の方々の何一つ存じ上げません。でも、それが普通かと」

「へえ。この国は、王からして放浪癖があるからね。城の中にじっとしているのが苦手なのよ、お二人共。政務は基本的に、大官長様が指揮を。あたしは大官長様にはお会いしたことがないのよね、お忙しい方だから」

それはそうでしょう、とソウは苦い顔をする。

「非常に興味深いです。国土が狭い為《ため》なのか、大家のような巨大な派閥がない為なのか。副官様は、あれはその、何をされていたのでしょう？　政務、なのでしょうか？」

「氷国ってまず、大きな諍《いさか》いが起こりようがないのよね。王が絶対的権力を持っているかて。作物が盗まれただの、そういうの？　副官様はそういう、些細《ささい》な諍いの種を摘むのが性に合ってるんだって前に仰《おっしゃ》ってたから、市井の揉《も》め事《ごと》とか処理されてるんだと勝手に思っていたけど」

「ではやはり、見回り官吏のような事をされているという訳ですね。他の国では、正十五位の新人官吏がする仕事ではありますが、なるほど。位が高い者で即時対応にあたれば、揉め事が大きくなりようがありませんね。勉強になります」

ソウは言葉もなく、名残惜しそうに彼女が去っていった方を一頻《ひとしき》り見つめ、呟く。

「もっとお話をさせて頂けば良かった」

「追いかける？」

「いえ、滅相もない。お会いできただけで光栄です。氷国の副官様、それはそれは私などでは見惚《みと》れる程お強い訳です。納得致しました」

「獣族の族長でいらっしゃるからね。紅国の竜族長と肩を並べる強さだと聞くけど」

「そうですか、紅国王様と。市井を歩かれるお姿もやはり違うものですね」

紅国の王は、竜族という種族の長《おさ》である。他国に疎いレイラとて、流石《さすが》にそのくらいの事は知っていた。

追いかけるという選択肢を捨てた割に、ソウは雛姫の後を追うように視線を向けたまま、何やら考えこんでいる。面白くない気は当然するが、当主たる力を得たレイラでさえ、あの雛姫には敵《かな》わない。国を支える礎に選出されるような人間は、その能力がやはり、全くの異次元である。

感心しきりのソウを見つめ、レイラは雛姫の言葉を思い出す。

彼はいずれ、主人のために死ぬのだろうか。先に死ぬレイラには関係のないことのはずが、ソウがいなくなることを考えただけで身の毛がよだつ。

彼はレイラが死んだ後、どう生きて行くのだろう。それを知る術がない事が、残念でならない。

雛姫は、女運がなさそうだと笑っていたが、それを認めるのは憚《はばか》られた。自分もそこに含まれてしまうのが、嫌で。

「あ」

レイラの視界に、人影が通る。レイラは空高い所を指差して、ソウに言う。

「氷国王様よ、ソウ」

ソウが見上げた先には、宙をはしゃぐように軽やかに駆けていく子供の姿がある。遠くて顔まではよく分からないが、首元のスカーフを靡《なび》かせながら、何かを飛び越えるように、跳ねるように遠ざかっていく。空に透けるような髪だけが、きらきらと見る角度によって色を変えて見せた。

「あれが。氷国王様は、飛べるのですか？」

ぽかん、と口を開けてその姿を目で追う姿が、子供らしい。レイラも初めて見たときは、こんな顔をしていたのかもしれない。

「足場を自分で作って、その上を走ってらっしゃるのですって。よく分からないけど」

「なるほど。氷壁を築くのと同じ原理でしょうね。想像以上に凄《すご》い」

「分かるの？」

「いえ、想像ですけど」

ソウはきらきらと瞳を輝かせながら、瞬く間に見えなくなっていく氷国王の残像を眺めている。氷国王と話す機会も与えてあげたいが、これぱかりはどうにもならない。彼は、城の中にじっとしている事の方が少ない。

「あいつは雷国に行くとかなんとか、仰っていましたね、副官様」

「ええ、そうね」

「……まさか、あいつ、とは。氷国王様の事だったのでしょうか」

「よその国にまで放浪旅に出かけられるのは、王だけだと思うけど。まあでも、あれは多分散歩よ。今行かれちゃったら、あたし達氷国から出られないもの」

空を遊ぶように、跳ねるように走っていく氷国王の影を指差すレイラの言葉に、ソウは少しだけ青くなる。

「勉強させて頂く、などと言ってしまいました」

「適当な返事をするからよ」

レイラが笑うと、ソウは拗《す》ねたような苦い顔でレイラを睨む。

「仕方がないでしょう。誰かさんが紹介してくださらないから」

「自分で尋ねれば良かったじゃないの」

「先程も言いましたが、レイラが直ぐに平伏するような相手です。そんな方に、初対面でこちらから質問など出来ません」

なるほど、とレイラは感心する。やはりこの青年、ただの十八歳だとは思わない方が良いらしい。普通はレイラが平伏《ひれふ》したからと言って、相手が誰かも分からず直ぐに自分も平伏などしない。

ソウは、今一度空を見上げ、きらきらとした光を放ちながら彼方《かなた》に消えていく影を長く見つめていた。そしてほっと幸せそうに息を吐き、レイラに向き直る。

「素晴らしいです。有難うございます、レイラ」

不意に向けられた笑顔が、感謝の言葉が、レイラの心臓を鷲摑《わしづか》みにする。

有難《ありがと》うという言葉がこれ程までに幸せな気持ちになれるとは、思ってもみなかった。あまりの破壊力に、涙が出る。

「どうかしましたか、レイラ？」

驚いたように顔を覗き込む青年が、愛おしくてたまらない。初めて、感謝された。その屈託のない笑顔が、初めて感謝でもってレイラだけに向けられた。こんなに嬉《うれ》しいことが、あるだろうか。

「来て、良かったでしょ？」

レイラが問うと、ソウは嬉しそうにまた笑った。

「ええ。少しだけ、貴女《あなた》に会えて良かったと、初めて思いました」

激しく、脳を揺さぶられた気がする。

もう心臓がもたない、などと考えていたら足にきて、意識が朦朧《もうろう》としてきた。鼻血が出そうだ、と思ったのも束《つか》の間《ま》、レイラは本当に倒れた。脳みそが沸騰してしまったのか、それから実に丸三日、熱を出してレイラは寝込んだ。

※

レイラは卒倒して、そのまま氷国の民家に運び込まれたらしく、目を開けると見慣れない天井が見返してきた。

そっと辺りを窺《うかが》うと、壁にもたれて片脚を立て、その脚に肘を乗せて外を眺めるソウの姿がある。楽にしていてもかっこいい、などと寝起き一番で思ってしまうレイラは、ぼんやりとした頭がまた熱を帯びてくるのを感じる。

氷国には、宿というものがない。他国から人が訪ねてくることがなく、あったとしても来賓として直接城に通される場合が殆どである。旅人が迷い込むことはない。ただの旅人が瑪瑙地区に迷い込んで無事であるはずもなければ、氷国王の許可なくして開かない門戸を越えられるはずもないからだ。

宿であれば、ソウもそれなりに自由に動き回れるのだろうが、他人の家となると、そう迂闊《うかつ》に物にも触れない。どのくらいこうしていたのか、レイラは申し訳なさでいっぱいになる。

「ソウ」

「ああ、気が付きましたか。大丈夫ですか？　急に熱だなんて、妊婦さんというのは、そういうものなのですか？　それとも、伽羅特有の何か？」

どちらも違う。貴方《あなた》がかっこよすぎて熱が出た、とは流石に言えない。

「あたし、どのくらいこうしていたの？」

「三日です」

「三日!?　嘘《うそ》でしょ!?」

ソウは真顔で、窓の外に目を遣《や》る。

「あそこで畑仕事をする方の真似《まね》なら、もう出来ると思いますけど」

見飽きたと言わんばかりに言われて、レイラは肩を竦《すく》める。

「わ、悪かったわ」

妙に頭がすっきりしている。熱ももう引いたようだが、体は逆に訛《なま》っているようではある。変な疲労感がある。

「仕方がないですから、お気になさらず。それで、もう熱はないんですか?」

「と思うわ」

レイラは、改めて部屋を見渡す。ここは一体、誰の家なのだろう。レイラとソウが横になるのがやっとといった狭さで、物も何もない。倒れた場所からほど近い誰かの家なのだろうが、家の持ち主の姿はない。

狭い。レイラは、はっと閃《ひらめ》く。

「え? もしかして、ソウは三日間、ここに?」

「他にどこに行くんです?」

「え? え? もしや、ここで寝てたの?」

「そうですが」

意味が分からない、とばかりに怪訝《けげん》そうな顔をするソウに、レイラはにじり寄る。

レイラの同伴が条件であったというのにそのレイラが倒れ、ソウはこの三日間、外に出る事も出来ず、伽羅に戻る事も出来ず、ただじっと、この窓から外を眺めていた筈《はず》だ。誠に申し訳ないが、それよりも。

「嘘でしょ！　まさかまさか、隣で一緒に寝てたの⁉」

「他にどこで？」

レイラはがっくりと、床に手をついて項垂《うなだ》れる。この狭さだと、おそらくかなり近くにソウは寝ていた事になる。その寝顔を見る機会を、その体温を感じる機会を、寝こけて失うとはなんと情けない。あまりに無念で、立ち上がれる気がしない。

「……大丈夫ですか？　立ちくらみでも？」

レイラの邪《よこしま》な気持ちなど知る由もないソウは、心配そうにレイラの顔色を窺《うかが》う。

「ええ、ある意味そうね……立ち直れないわ」

「もう一日休ませてもらいますか？　ここはあの農家の方のお宅で、一人暮らしだそうなので、長居しては申し訳ないですけど」

ここに三人は寝られない。他に部屋がある様子もなく、この家の家主とやらはどこで寝ていたのだろうとぼんやりと思ったが、そんなことよりも、ソウとの添い寝を逃したショックが大きすぎて頭が回らない。

「ご友人のお宅にわざわざ泊まりに行って、家を空けて下さったんですよ。なにか御礼《おれい》をしないと」

「ええ、そうね」

返事はするが、頭の中では逃した魚を数えるのに必死だ。手を繋《つな》いでみたり、寝ている頬に口づけをしてみたり、そんなし損ねた諸々《もろもろ》に想《おも》いを馳《は》せるだけで、気が遠くなる。数える度に虚《むな》しくなる。

「なにか料理のご馳走《ちそう》でも。ちなみにレイラは、料理はお得意ですか？」

「ええ、そうね」

「それは意外です。なにを？」

「ええ、そうね」

「……聞いてませんね、レイラ」

「ええ、そうね」

あとはあんなことや、こんなことや。三日の添い寝に勝る褒美などあるだろうか。逃した魚はあまりにも大きく、レイラは立つことを知らない赤ん坊のように、ただへたり込んだまま、床を眺めていた。

「レイラ！」

「えっ？　な、ななな なに!?」

邪な心を読まれたのかと、レイラは青くなって我に返る。呆《あき》れた顔でこちらを見遣《みや》る、ソウと視線が絡む。

「本当に大丈夫ですか？　御礼は私がしますから、もう少し横になっていて下さい」

御礼、とはなんの話だろう。レイラは邪念を振り払って、ソウににじり寄る。済んだことを悔いている場合ではない。目の前にいるソウに、触れればいいだけだ。

その手に触れかけて、レイラは戸惑う。ただ、手に触れるだけだというのに、左手が動かない。あと僅かに動かせば、指先が触れるというのに、これ以上進めない。

レイラは動揺する。一度は体を重ねた男だというのに、ただ、手に触れることに恐怖を覚えている自分が信じられない。

視線を上げると、じっとレイラを見るソウと目が合う。その顔が、レイラを嫌だと拒絶することが、この上もなく怖い。好きではないと言われた。嫌われていることだって、分かっている。そんな事、構いもしなかった。彼の気持ちがこちらに向いていなかろうと、触れて、抱きしめて、こちらの愛をただぶつけるだけだ。そう数日前までは思っていた筈なのに、今更明らかなる拒絶の表情を見ることが、これほどまでに恐ろしい。

「ソウ、触れても、いい？」

レイラは問う。触れたい。その手に、髪に、顔に。その頼りない肩に向かって、力一杯飛びついていきたい。だが、酷《ひど》く恐ろしい。

ソウはぼんやりとした顔で、手元に目を遣る。それ以上進めないでいるレイラの手を見て、小さく笑う。

「よく分からない人ですね。急に人が変わったようですよ」

ソウの手が、レイラの左手に重なる。胸が、赤子がいるはずの腹がずくん、と疼《うず》いた。

ぐっと胸が狭くなって、きりきりと痛む。

「そんな泣きそうな顔しないで下さい。貴女らしくなくて、張り合いがない。もうあの匂いを発さないのなら、手くらい握ってあげますよ、レイラ」

ソウは、ふわりと優しく笑う。彼はいつもいつも、ちゃんとレイラの名を呼んでくれる。それが擽《くすぐ》ったくもあり、嬉しくもある。たったそれだけの事で、レイラの心が弾むことを、彼は知っているのだろうか。

「あれは、頭で分かって出来ることじゃないから」

「そうなのですか?」

ソウは目を見張る。成る程、レイラをというよりは、抗いきれなかったあの「香り」を、ソウはどうやらずっと警戒していたらしい。

「うん。あれはもう、多分出ないから安心して」

「それは、ええ。少し安心なような、残念なような」

「残念?」

ふふ、とソウは苦く笑う。

「あの時抗いきれなかった事を、ずっと後悔しているんです。次に同じ場面に出会ったなら、舌を噛み切ってでも抗ってやると心に決めて伽羅に来ましたので、もう体験出来ないとなるとそれはそれで拍子抜けというか。いえ、でも安心しました」

「安心出来たなら是非、もう二度と絶対に嫌だなんて言わないで」

「そんな事を気にしてくれるようになったんですね。何か心境の変化でも？」

ソウはしみじみと、そんな事を言う。

「貴方にこれ以上嫌われるのが、怖いのよ」

「あんな匂いを発しておいて？」

「あの時は、夢中で。貴方を何がなんでも逃したくなかったから。凄くない？　一目惚れの水準が桁違い！　よっ、良い男！」

「開き直られても困りますが」

言って、ソウはぼそりと続ける。

「貴女のせいだと思いたい気持ちがありつつ、これでも惑わされた自分が不甲斐ない事も、分かっているんです」

ソウははぁ、と盛大な溜息を吐いて、悔しそうに眉を寄せる。認めたくないですが、とソウは呟くように言って、レイラをちらりと見遣る。

「貴女だけの責任だとは思っていません。でも、まぁ、私も色々複雑でして」

レイラは感極まって、両手を胸の前で組む。

「それは、遠慮しなくていいよって事!?」

「違います」

そこははっきりと、食い気味に否定したソウは、これまたはっきりと言う。

「遠慮はして下さい、是非。嫌われるのが恐ろしい、それも大いに結構。その気持ちを大事にして下さい」

レイラは口を尖らせる。

「触りたいのは触りたいんですよ？　ソウさん？」

紛れもない本音だが、空気が重くならないよう茶化して言うと、ソウは苦く笑った。

「そこを我慢してくれるだけ、当初より状況は良くなったと捉えるべきですか？」

「あの時より格段に、好きになっているということよ。案外鈍いわね」

レイラとて、こんな気持ちは初めて知ったのだが。そこは年長者として少しばかりの見《み》栄《え》を張らせて貰《もら》う。

「……よくもまぁ、恥ずかしげもなく、そんな事が言えますよね」

ソウが怪訝そうな顔をするが、その頬が心なしか、少し赤いような気がする。

「好きなものに好きと言うのに、恥ずかしいことなんてないでしょ」

レイラは直《じき》に、そんな当たり前のことが出来なくなる。その前に、この溢《あふ》れんばかりの気持ちを伝えてしまいたい。

この青年は、まだ成長過程にある。肉体年齢が止まっているわけではない。そうすると、彼は今後ますます男らしくなって、女など山のように寄ってくるいい男になる。ますます磨きがかかるであろうその艶《あで》やかさに、何人の女が狙いをつけるのだろう。レイラの、決して手の届かないところで、彼は誰を選ぶのだろう。

そっと握った手は瑞々《みずみず》しく、骨ばってはいるが、包み込むような大きな男の手ではない。この手も、もっと大きくなって、力強くなって、誰かの手を引いていくのだ。

そしてその時に、レイラはこの世にいない。

急にすっ、と背筋が寒くなる。

ソウが来たばかりで、これ程までに想いが募っているというのに、彼とはまだ、何ヶ月も一緒にいられる。その間に日に日に膨らむこの気持ちは、決して受け入れて貰えず、どこへいくのだろう。そうして三ヶ月が経《た》ち、四ヶ月が経ち、いずれソウがいなくなる日、レイラの心臓はどうなってしまうのだろう。別れの日、それは永遠の別れの日。もう二度と、レイラはソウに会う事はない。

ソウと会えなくなる恐怖、呆れるほど膨らむ気持ちのやり場もなく、また会えるという希望もない。レイラが死んだ後、どんな女がソウに迫ろうとも、戦って奪うことも出来ない。レイラは、忘れられるのだ。ソウの中から自分が消えてしまう、これ程までに恐ろしいこともない。

どうやっても、この青年を失う。自分が死ぬ事は、この命を失う事ではなく、ソウを失う事だ。

「レイラ？」

今はまだ、ソウが目の前にいる。真《ま》っ直《す》ぐに、レイラを見てくれる。名を呼んでくれる。

それも、あと僅か。

「大丈夫ですか？　顔色が悪い」

レイラは、ソウの手を握って自分の頬に押し当てる。その手は小刻みに震えていたが、ソウはまだ体調が優れないせいだと思ったのか、心配そうに顔を覗《のぞ》き込んでくる。

「どうか、分かって。一目惚《ひとめぼ》れだと笑ってくれていい。ただ、本当なのよ。この気持ちだけは、本当なの」

ソウは、たっぷり間をおいて、小さく、はい、と答えた。

※

ソウがやってきて、あっという間に二週間が過ぎた。

氷国王はふらりと出かけた散歩から実に十日も戻らず、レイラとソウは氷国内にしっかり一週間、閉じこめられた。結果として氷国をじっくりと見て回る事が出来たわけだが、泊めて貰った農家の男には大変な迷惑をかけてしまった。レイラが卒倒してからずっと、家を間借りしてしまった事になる。

まさかの一緒に寝る機会が再到来かと、レイラなどは氷国王が帰ってこない事を密《ひそ》かに喜んだのだが、そこは流石《さすが》ソウというべきか、抜かりはなかった。持前のコミュニケーション能力を発揮して界隈《かいわい》の住人達と仲良くなると、レイラがいざ寝るだけの体勢に入るなり他所《よそ》の家へと泊まりに出かけて行った。どこを泊まり歩いていたのか、女の所ではない事だけは、言質をとった。

ソウがいぬ間に急に体調が悪くなったらどうする気だと訴えると、翌日には産婆さんが一緒に寝てくれるそうですと、見知らぬ女性を残して出かけるようになった。お蔭様《かげさま》でおよそ一週間、氷国の産婆と仲良く寝る羽目になった。

そこまで嫌がらなくともとは思ったが、泊まりに出かける事には他にも目的があったようであった。毎夜毎夜、現地に実際に長く住まう者達から氷国なる国についての話をじっくり聞けた事に、ソウは大いに満足したらしく、明るくなってレイラの所に戻って来た彼の笑顔の朗らかな事といったら。小言をいう気も失《う》せて見惚《みと》れた。

レイラは、雛姫と今一度会う機会があればと期待していたのだが、残念ながらそれは叶《かな》わなかった。

伽羅の男の転変も見せてあげたかったのだが、そもそも氷国を訪ねてくる客などそうはいない。最終的に十日間氷国に留まったが、伽羅の男達が転変する仕事に出番はなかった。

当主として頼み込んでも良かったのだが、ソウが丁重に辞退を示したので厚意に甘えた。

伽羅の村に戻ってから、ソウは村の中も見てみたいと、連日出かける。レイラはソウとひと時も離れたくなくて、行くところ行くところ、求められてもいないのに付いて回る。

その度に、村のあちこちから、クスクスと忍び笑いをする声が聞こえてくるのだが、それを睨《にら》みつけて黙らせる。

自分でも分かっている。年下の男の後ろをひょこひょこと付いて歩く姿がいかに間抜けか。嫌われたくなくて、小さくなっている自分がいかに情けないか。そんなレイラを見て村人達が笑っているのは重々承知しているが、ソウにこれ以上嫌われない事が何よりもレイラの中で勝る。じろりと睨みをきかせる事くらいしか出来ない。

「あんた、本当に人が変わったわよ、当主」

ケイは面白がって、レイラ達の姿を見つけると大抵付いてくる。おかげで、ソウがケイの名前を覚えてしまった。一番関わって欲しくない悪友だというのに。

「やはりそうですか？　私から見ても、随分しおらしくなったと思うのですが」

「まさにそうよ、旦那さん。レイラと言ったら、強獣も同義だったからね。気に入らない事があったら暴れるわ、物壊すわ、もうほんと、ろくなもんじゃない」

「ああ、それなら最初に出くわしましたが、あれきりそういえば、見ませんね」

レイラはげんなりと肩を落とす。ソウはケイと気が合うのか、楽しそうに談笑する姿をよく見る。専ら話題はレイラについてなので、いい加減嫌にもなる。

「猫被《かぶ》ってんのよぉ、男の前だから。旦那さんの事となるともう、何枚被りゃ気が済むんだってくらい、そこかしこの猫を借りて」

「ちょっとケイ、あんたもうあっち行きなさいよ！　ソウと二人っきりにしてあげようとか、思わないわけ!?」

「旦那さんが怖がるでしょーが、あんたと二人きりなんて！」

「なにもしないわよ！　でしょ、ソウ！」

「え？　ええ、まぁ、ここに来てからは、とんでもない事はなにも」

突然水を向けられ、ソウは応じる。

「ほら、みなさい！　とっとと帰って体でも鍛えてなさいよ、ケイ。貰い手がないわよ、そう弛《たる》んだ体じゃ。あんたの取り柄はその体だけでしょ」

「そういうこと言う!?　胸が豊満だとおっしゃい！」

ケイといると、喧嘩腰《けんかごし》になる。ケイとの関係はそれが心地よいのだが、ソウがいると口喧嘩が白熱してしまう。彼に悪いところを聞かれまいとつい必死になってしまうが、当然逆効果だ。

案の定、今日もソウは少し引き気味に喧嘩を眺めている。またやってしまったと、ソウの苦い顔を見ると熱が引いていく。そのせいで、ケイに負けっぱなしになっているようで、少し癪《しゃく》だ。

ケイは小さくなっていくレイラを見て、やはり可笑《おか》しそうに言う。

「やっぱ凄《すご》いわ、旦那さん。レイラをここまで変える男がいるとは、本当に思ってもみなかった」

ソウが苦く笑っている。光栄だとは、思っていそうにない。

「しょうがないでしょ、好きなんだから。あんたも早く男作りなさいよ、ケイ。そんでとっととそっちにいって、ソウと二人にして頂戴」

「はいはい。しょうがないから、二人にしてあげよう、この優しいケイ様が。こんなんだけど、よろしくね、旦那さん」

「旦那では、ないですが」

このやり取りももう何度もなされているが、ケイは改める気がないようで、いつもソウを旦那さん、と呼ぶ。最近ではソウも、一応違うと言ってはみるものの、それに慣れてきているようでもあった。

「いいお友達ですね、レイラ」

ケイが行ってしまうと、ソウは不意にそんな事を言った。

「え、誰が？　ケイ？」

「ええ。言いたい事を言い合って、それでも次に会う時にはまた笑って言いたい事を言う。

いい関係だと思いますけど」

「えー、ああ、まあ、仲が悪いとは言わないけど。ケイがいないと張り合いがないのも確かだし」

だが、ソウがいる時くらいは気を遣って欲しい。自分に正直なレイラとて、可愛《かわい》く見られたいとは思う。猫くらい被らせてくれても罰は当たるまい。今更だと言われれば、ぐうの音も出ないが。

「彼女は、近くにお住まいのようですが」

「ケイ？　近くに子供と住んでいるけど、それが？」

あいつに興味など持たないで欲しいとは思ったが、ソウは続ける。

「お子さんは何人？」

「四人だけど、上二人はもう所帯を持ってそれぞれで暮らしているわ。だから、二人ね」

ソウはなるほど、と小さく言って、レイラの目を覗き込む。

「もしや、レイラの食事の世話は、彼女が？」

レイラの肩が、ぎくりと跳ねたのをソウはどうやら見逃さなかったようである。何も言っていないうちから、やっぱりと笑った。

「な、なな、なんで」

「いいえ。台所を拝見した時から思っていたのですが、レイラはおそらく料理はされないのだろうな、と。誰かが世話をしていたとなると、彼女が濃厚かと思っただけです」

「だ、だから、なんでケイ!?」

言葉に詰まるばかりのレイラに、ソウは可笑しそうに言う。

「なんとなく、家庭的な雰囲気の方だなというのが一点。レイラの交友関係を語るには、共に過ごした時間はまだまだ短いですけど、彼女だけは別格と見受けました」

どこをどう見て「別格」だと思われたのかはさておき、事実を言い当てられたレイラは項垂《うなだ》れる。

「まあ、ええ。それはまあ、そうね。確かにケイが、子供に作るついでにあたしの分も、作って、持ってきてくれたり、して。……ソウは、家庭的な女の方が、いいの？」

おそるおそる問うレイラに、ソウは笑顔のまま、ふっと視線だけを寄越した。途端にしゃんと背中が伸びて、胸が躍る。

「流し目は卑怯《ひきょう》よ！」

「何が卑怯なのか分かりかねますが、家庭的かどうかは別に」

怒鳴ったレイラは、冷静に言ったソウの言葉に食いつく。

「別に、求めない!?」

「自分で出来るので」

ぱっと喜ぶレイラに、けろりと言ってのけたソウは、少し意地悪く笑った。

「出来るにこしたことはないかと思いますけどね」

すっかり翻弄されている事は分かっているが、レイラは操られるように一喜一憂する。それを見て可笑しそうにしているソウを見遣《みや》ると、レイラはそっと手を伸ばし、拒まれない事を確認してからソウの手を取る。手を繋《つな》ぐことはソウから許可がおりているものの、そうは言っても鬱陶しいと思われたくない。ずっと握っていたい気持ちと、顰《しか》め顔を向けられる恐怖との葛藤の末、どうしても遠慮がちになる。当然、本当はもっとがつがつといきたい。

死を待つ我が身で我慢も虚《むな》しく、二人きりでいると正直なところずっと引っ付いていたい。家にいる時は試すように抱きついてみたりもするのだが、無言のソウの顔を見るのが怖くて、直《す》ぐに身を引く自分が哀れではある。だが、嫌われるよりはいい。笑ってくれて、名を呼んでくれるソウがいるだけで、それでいいのだ。欲求不満ではあるが、そんな自分に負けそうな時にはこう胸に問いかける。二度とあの笑顔が見られなくても良いのか、と。

ソウは繋いだ手を振り払わないが、握り返してくれる訳でもない。それでもその熱を感じられるだけで、とりあえず満足だ。多くは望まない。

※

その日は、族長に会いたいと、ソウが言った。

族長の仕事は何かと問われれば、今となっては何もない、としか答えられない。虐げられし時代に伽羅族を導いた功労者としての意味合いが強く、皆が彼への感謝を込めて族長と呼ぶだけである。

ソウの中では、族長は当主よりも立場が上だという認識のようで、挨拶もまだだから、と言った。確かに、立場でいえば族長の方が上のはずだが、今の族長はもうかなりの高齢で、レイラの方が顔のたつ立場になってしまっている。次の族長次第ではどうなるか分からないが、このままでは、族長というものがそもそも、いなくなるかもしれないと最近では思う。

ソウに会わせて不都合はないが、会って楽しいものでもない。レイラは渋々、ソウを連れて族長の家へと足を運ぶ。

伽羅の今の族長は、既に伽羅の中では神格化された存在である。氷国王に庇護《ひご》を求め、伽羅を今の体制へと導いた、言うなれば今この村に生きる全ての伽羅の命を支えた男である。しかし、今は耳の遠くなってしまったただの翁《おきな》だ。

昔話はもう耳にタコなので、レイラなどは近寄らないが、つらい時代を実際に経験した者達は、今も族長を慕っている。

「レイラのご家族は、どちらに？」

「いないわ」

端的に言ったレイラに、ソウは深くは追及せず、そうですかとだけ答えた。

「ソウは？」

「私もいません」

そう、とレイラは応じる。

レイラの母親は、外の男に嫁いで行った。生きているとは思うが、会いに来る訳でもなければ会いに行く訳でもないため、お互いの現状など知る由もない。幸せに暮らしているのだろうと漠然と思う。父親は伽羅の男であったが、レイラの父となった時点で相応の年であった為《ため》、物心ついた時には既に亡かった。また、腹違いの姉が六人いたが、それぞれが家庭を持ち、連絡を取らなくなって久しい。半分血が繋がっているとはいえ、レイラに言わせれば他人に近い。死に際して最後に会いに行きたいとも思わないし、あちらから会いに来る事もない。その程度の存在である。

ソウの両親は、死んだのだろうか。

ちらりと、隣を歩くソウに視線を送ってみる。いないと言い切るからには、死んでいるのか生き別れて二度と会えないのか、なんにせよ聞いたところで空気が重くなるだけである。

「伽羅村はね、大きく区画が三つに分かれていて」

レイラは話を変えようと、離れたところに見える、レイラの背丈の二倍はあろうかという柵を指差す。ソウは気になっていたのか、直ぐに視線をそちらに向けた。

「あたしが生活しているここが第一区画ね。村への入り口が近い事もあって、来客を想定した商売をしている者とか、その手伝いをしている者とかが主に住んでいるの。氷国や狩猟区に出るあたし、当主の家を筆頭に、あとは来客が泊まる為の宿であるとか、食事を提供する酒場であるとか、集会を行う広場、まぁそういった感じ。住宅地はあの柵の向こうね。ちなみに、一応区画を分ける為に柵があるけど、出入りは自由」

「更に奥が第二区画ですか？」

柵を指差すソウに、レイラは頷《うなず》く。

「ご明察。第二区画は、親元を離れ、且《か》つ相手を探している十五を過ぎた男女が一人で暮らしているわ。よそから男が伽羅の女をもらいに来た時に、この第一区画で見合いが行われる関係で、近くに住まわせているというのが一点、あとは自立を促すべく一人立ちさせる意味もあって、親元から離れ、移り住むの。ここが一番人口としては多い」

ソウは口を挟まない。年齢に関して何も言わないということは、十五で自立を促す流れは、彼の常識からして、そう珍しくないのかも知れないとレイラは思いながら続ける。

「第二区画の奥側には広大な保育施設とか農場もあって、彼らは労働者も兼ねる。第二地区の中でも男が住まうのが南側、女が北側と一応分けているんだけど、まあ、乱れるわよね、色々と」

何がとは言わなかったが、ソウは察しよく言う。

「凍結していなければ、管理しきれないほど産まれるのでしょうね」

「ま、そういうことね。第三区画は第二区画の更に奥。子育て世代の家族が殆《ほとん》どね。第一区画に用がない家族層が、自給自足で暮らしてる。あたしもほぼ足を向けない。結構遠いし」

腹違いの姉達は第三区画に住まう。当主になる前は第二区画に住んでいたレイラは、おそらくもう、十年以上姉達の顔を見ていない。

「第三区画まで歩くと、どのくらいあるのですか？」

「五、六時間はかかるかしら。速くて」

「同じ村の中で数時間とは、中々に広い」

今まで他国の事になど興味はなかったが、ソウが暮らす国の「常識」に、レイラは少しだけ興味を持つ。

ソウの国の中にある「村」は、移動に数時間もかからない。

ソウ自身の事を知った訳ではないというのに、一つソウに詳しくなったような、誇らしい気持ちになる。

「第二区画と第三区画は、畑とかもあって無駄に広いからねぇ。ここ第一区画が一番こぢんまりといい感じ。——あー、見えてきた」

何とは言わなかったが、そもそも族長の家に向かっていたレイラ達だ。ソウはきちんと目的地を把握したようで、木を伐《き》って倒しただけの丸太に腰を下ろす人だかりを見遣った。

レイラには見慣れた光景で、数組の年長者達が族長の家の前でたむろしていた。こうして穏やかに昔話に花を咲かせるのが、彼らの幸せだというのだから、それはそれでいい。

しかし、今日は少し気が重い。案の定、レイラではなくソウに目を留めて、たむろ組の一人が言う。

「あれま、これが噂《うわさ》のレイラの婿さんかい」

「婿ではないですが。初めまして、ソウです」

「はい、初めまして。まあまあ、レイラが選んだとは思えない優男だね」

目を細めてじろじろとソウを見る老婆に、レイラは言う。

「これはあたしのだからね、あんまりじろじろ見ないで頂戴」

「ケチだねぇ、減るモンでもなし。ほらご覧よ、細っこい腕をして。レイラの相手は大変でしょう」

わいわいとソウに群れてくる年長者達を遮り、レイラは問う。用件を言わなければ、話が全く進まない事は分かっていた。

「族長は？」

「中にいるよ」

「皆さんは、族長とお話はされないんですか？」

人懐っこく笑うソウは、年長者達をはねのけるでもなく、あえて輪に交ざっていく。面倒な話になるのに、とは思ったが、ソウが話を聞きたいと言うのなら、それもいい。レイラには向けられない愛想の良い顔を眺めているのも一興だ。レイラには厳しい言葉の数々が投げかけられるが、本来愛想の良い男なのだろう。優しい目をして、穏やかに相槌《あいづち》を打っている姿も素敵だ。品がいい。

「あの人はもう歳《とし》だから、あまり騒ぎ立てると疲れるらしくてね。気分がのったら出てくるから」

「そうですか。それでは、お邪魔しては申し訳ないですね」

「いんやぁ、レイラの婿なら大歓迎さ。この前も、一目見てみたいと言っておった。ほら、レイラは自分から来ないから」

冷やかされるのが分かっていて、好んで来るはずもない。レイラが黙っていると、ソウは笑って言う。

「しばらくお世話になるのに、ご挨拶を忘れていた私が悪いんです。すっかり失念していて、申し訳ない」

頭を下げたソウに、老女は目を丸くする。

「あんれまぁ、これはまた。どこで拾ってきたんだい、レイラ。いい男捕まえて。あんたにゃ勿体《もったい》ないよ」

「ほんとほんと、まさかレイラに男を見る目があったとはねぇ」

年寄りというのは、どうしてこうおしゃべりなのだろう。また騒ぎ出す面々に貶《けな》され、げんなりしつつも、レイラは溜息《ためいき》一つで苛立《いらだ》ちを払う。年寄り相手に怒鳴っても仕方がない。

話に巻き込まれないようにと、少し離れた所に腰を下ろしてソウを眺める。どうせレイラは貶されているのであろうから、敢《あ》えて耳に注意は払わない。ソウが輪に交ざって笑い、驚き、また笑う。くるくると変わる彼の表情だけを眺めて幸せを噛《か》み締《し》める。

ソウが村の皆に認められていくことは、とりわけ年長者に褒められるというのはそうは言っても気分が良い。いつも口を開けば愚痴と文句しか出ない彼らが、レイラは男を見る目があると褒めた事を思い出す。ソウを囲んで笑う年寄り達を見ていると、何故《なぜ》か自分まで褒められているような、誇らしい気持ちになった。実際は、違うのだろうが。

ソウは、出会い方こそレイラが失策を講じたが、基本的にはやはり、人当たりがいい。人好きのする笑顔に、柔らかな物腰、年寄りの話も嫌な顔一つせずに聞いている。よほど聞き上手なのか、話す方にもどんどん力が入っていく。

レイラも、あんなことさえしなければ、こんな風にソウに接してもらえたのかもしれない。実際のところ、子供を作らなければ、ソウには二度と会えなかったのであろうから、レイラ自身に悔いはない。それでも、レイラにも敬意を払うソウを、手に入れてみたかったと少しは思う。

「騒々しいな、どうした」

不意に、家の中から翁が姿を見せた。伽羅の族長である。はっきりと皺《しわ》が刻み込まれたその顔には、貫禄《かんろく》があるといえばあるが、弱っている姿を見ると、ただの小さな力無き翁だ。

ソウは、族長に向かって頭を下げる。

「ご挨拶が大変遅くなりました。少し前から村でお世話になっております、ソウと申します」

「ほら、レイラの婿殿」

添えられた言葉を聞いて、翁はああ、と呟《つぶや》くように言い、深々と頭を下げた。

「ようこそ、ソウ殿。あのレイラが、なにやら失礼をしてしまったようだが、悪い娘ではないのです。どうかご容赦を」

レイラは面食らい、慌てて噛み付く。

「ちょ、族長が頭を下げることないでしょ。自分でしたことは、自分で謝るわよ」

「あの通り気の強い娘ですけどね、自分に正直な娘なのです。貴方《あなた》が心底気に入ったから、しでかしてしまったんでしょう。貴方には、本当に申し訳ないが」

「いいえ。もう過ぎたことですから」

ソウが、族長に頭を上げさせる。レイラは、心の中に言い知れぬ靄《もや》がかかるのを感じた。まさか、族長がレイラの事で頭を下げるとは思ってもみなかった。いつも、小言ばかり言う癖に。

「そう言ってもらえて、感謝します。短い間にはなりますが、どうぞレイラをよろしく」

「ええ、こちらこそ」

しっかりと握手をする族長を見て、レイラはここ最近で初めて、ソウから目を離している自分に気付く。

レイラは族長の顔を見つめる。ソウとの時間も限られているが、この族長や適当にあしらってきた年長者達とも、もう直《す》ぐ会えなくなるのだ。

「皆、レイラを心配して。愛されているのですね」

帰り道にそう言ったソウの言葉に、レイラは胸を打たれる。鬱陶しい小言とも、もうあと僅かだ。彼らがレイラを気にかけてくれていることだって、分かっている。だが、それが当たり前になり過ぎていて、今更感謝など、考えたこともない。

ふと、能力を継いで当主となった時の、族長達の顔を思い出した。物悲しげで、レイラを心配するその顔は、愛に溢《あふ》れていた。

「そうね」

ソウの手をとる。

レイラはこの男を選んだ。自分の命よりも、この男を。族長は、そんなソウを見て笑っていた。

レイラは幸せなのだと、思ってくれただろうか。心配しなくてもいい。レイラは今、ソウの隣にいられて、幸せなのだから。死にゆく自分が不幸だと、あの人達に思われたくない。

あなた達が心配し、育んでくれた命が幸せに散る様を、彼らに見せてあげたいと思った。

※

ソウは、レイラの家に泊まっている。

レイラが無茶をしないように、子供を気遣ってくれる。彼は確かに料理もうまく、子供のためにと毎食手作りのものを準備してくれた。村に顔を出せば黄色い声が上がり、既にすっかり伽羅に馴染《なじ》んでいる。

実際、ソウを狙っている者もいるとかいないとか小耳には挟んでいる。レイラの手前大っぴらな動きはないが、ケイが言うには、すっかり村のアイドルだと聞く。妊婦を苛々《いらいら》させて、この悪友は何がしたいのだろうと思わなくもないが、彼女は真実しか言わない。

ソウは、レイラの見ていないところで、一人で動く時間が増えた。レイラとしては手放したくはないが、そうはいってもレイラには当主としての最低限の仕事がある。その間、ずっとソウを閉じ込めておくのも可哀想《かわいそう》だ。そんな仏心で、外出を渋々許したものの、そんな話を聞かされると後悔しかない。手の早い輩《やから》が、いつソウに襲いかからないとも限らない。

「自分を棚に上げて、よく言うわね。平気よ。当主の男に手を出したらどうなるか、皆分かってるわよ」

「どうなるか覚悟した上で手を出すヤツだっているかもしれないでしょ。あんないい男」

「だったら、外に出さなきゃいいのに」

ケイは可笑《おか》しそうに言うが、笑い事ではない。ただでさえ男が少ない村だ。そこにあんな美味《おい》しそうなご馳走《ちそう》をぶら下げて、我慢できる狼《おおかみ》がいるだろうか。

外に出した事は、後悔している。だが、一度認めてしまったものを、今日は駄目だとは言えない。理由がない。寂しいからと試しに言ってみたら、笑い飛ばされた。

「それで、一緒に寝てるの？　あんた達」

ケイは、仕事の引き継ぎに精を出しながら、次に見合いを望んでいる者の資料に目を通すレイラを、横から小突く。

レイラの家は、当主の家である。代々当主の住んできた家で、当主になった者が引き継いでいく。単純に、仕事が出来る環境を移すのが邪魔くさいからだという理由が大きい。ケイはレイラの仕事を引き継ぐ必要性から、毎日のように家を訪ねて来る。レイラが仕方なく仕事を始めると、気を遣っているのか、ソウは村を探索して来ると言い置いて出かけてしまうのだ。狼の多い第二地区にだけは近づくなと念を押し、レイラは渋々外出を許す。お陰で毎日悪友と顔を突き合わせる時間が出来てしまい、レイラとしては不満で一杯だ。少しでも長く、ソウといたいのに。

さっさと引き継ぎを終えて、ケイに仕事を丸投げして自分はソウに引っ付いて歩く。目下の目標はこれだ。

「別々に決まってるでしょ」

「ええ？　つまんない」

「一回添い寝を頼んだら、白い目で見られた」

「それはかなり切ないわね」

切ないなどというレベルのものではない。触れたいものに触れられないストレスは、ケイには分かるまい。

「ソウも、ちょっと変なんじゃない？　抱ける女を前にして、断固拒否だなんて。あたしには負けるけど、あんたも中々いい体してんのにね」

「やっぱそう思う？　実は女に興味なかったりして」

「可能性あるんじゃないの。あー考えたくない。勿体ない」

レイラとて考えたくない。しかし、手を繋《つな》ぐ、軽いハグ以外に、最近のソウとのスキンシップはない。軽いジャブは打つのだが、その度に白い目で見られたのでは心も折れる。

しかし、レイラがソウと関係を持った時、彼は初めてではないなと思った。レイラやケイのような節操なしがそうそういるとは思えず、そうなると、ソウ自らが関係を持ったことになる。

それはそれで腹立たしいが、しかしレイラの直感が正しいとすると、女に興味がない訳ではない、という事になる。単純にレイラに魅力を感じないか、触れたくないほど嫌っているか、その二択になってしまう。どちらにせよ、気が遠くなる。どちらなのか確かめるのも怖い。

「どうせ嫌われてるなら、ついでにもう一回挑戦してみればいいのに」

「簡単に言ってくれるわね。そのまま自国に帰っちゃったらどうするのよ」

「縛りつけとけば？　あんたの方が強いでしょ」

それは考えた事が、実はある。だが。

「睨《にら》まれ続けて終わるなんて、ごめんだわ。あたしは、ソウの笑顔が見たいんだから」

「重症ね」

ケイはお手上げ、と白旗を振る。レイラとて、あらゆる手段は考え尽くした。結果として方法は見つからず、毎日ソウが笑いかけてくれる現状に、満足しようと決めたのだ。不満がなくはないが、どうしようもない。

「嫌われてる方が、良かったのかもしれない」

「というと？」

「嫌われてるから、っていうのを理由になんでも出来たかもしれないから。今は、思い上がりかもしれないけど、嫌われてはいないんじゃないかって、思うのよね。好かれてるとは、流石《さすが》に思わないけど」

「普通に話してるもんね、見た感じ」

「でしょ？」

だからもう、これ以上嫌われるような事は出来ないのだ。目も合わせてくれず、声をかけてもくれず、当然微笑《ほほえ》んでもくれない。そんな地獄のような状況には、耐えられない。

溜息《ためいき》まじりに仕事に戻ろうとするレイラに、頬杖《ほおづえ》をついたままケイは言う。

「それで、言わないまま帰すのね？　彼」

「言ってどうするの。ソウの性格なら、子供を引き取らざるを得なくなるかも。子供をソウの、枷《かせ》にはできない」

「まぁ、言ったところでどうなるものでもないからね。子供は順調なんでしょ？」

レイラは腹に手を当てる。

「そうね。なんだか、男のような気がする」

「そうなの？　じゃあ、ソウに似た子になるかもね」

この子も、思えば哀れな子供だ。母親は顔を覚える前に死に、父親の顔も知らずに育つのだ。どんな子供になっていくのか、想像もできない。伽羅の血は、異種族と交わると子供を相手に似せる。おそらくは、ソウのような黒髪の少年になるのだろう。

ソウがいなくなってしまっても、ソウに似た子が残る。だが、似てくる前に自分は死ぬのだ。

「安心しなよ。ソウに似たら、あたしがもらってあげるわ」

ケイは笑いながら言うが、目の奥が笑っていない。ソウ以外の誰もが、レイラが死ぬ事を知っている。死ぬのが分かっている相手に、いつも通りに接するのは、どれほど難しいのだろう。

「馬鹿言わないでよ。この子はお淑《しと》やかで、綺麗《きれい》な子を嫁にもらうのよ」

「そっちこそ馬鹿言わないで。あんたの子供に、そんな女が嫁いでくるわけないでしょ。親が親なら、子も子なのよ」

「はん。あたしの子にはソウの血が入るのよ。いい男になるに決まってるでしょ。あんたのとこの子供とは、顔からして出来が違うのよ」

「くっ、言ってくれるわね」

ケイの子供は、親の欲目を盛りに盛っても、綺麗な顔とは言えない。その代わりに愛《あい》嬌《きょう》があるので可愛《かわい》らしいが、顔の出来に焦点を当ててしまえば、彼女にも反論は出来まい。

「類は友を呼ぶって、言うでしょ」

ケイは唐突にそう言って立ち上がり、戸口に向かって歩き出す。気付けば外が騒がしい。おそらくは、ソウが戻ってきたのだろう。

「突然なによ」

レイラが顔だけを向けて意図を尋ねると、ケイは真顔で言う。

「あたしはそうは思わないけど、あんたとあたし、似てるらしいわよ」

「だから？」

少なくとも、口の悪いところと節操がないところは似ている、と言わざるを得まい。

さっと開かれた扉から、黄色い声が入ってくる。

「子供に母親の面影を教えたいなら、あたしが育ててあげるわよ」

ケイはくすりとも笑わずそう言って、戸口でソウとすれ違って出て行く。扉の向こうに消えていくケイの背を、ぽかんと見つめた。あのケイが、そんな事を考えてくれていたとは、思いもよらなかった。

「どうしたんです？　レイラ」

　多種の食用葉を提げて戻ってきたソウが、不思議そうに言う。

「ケイが、子供を育ててくれるって」

「子供って？　レイラの？」

「そう。あたしが、」

　死んだ後、と言いかけてレイラは我に返る。怪訝《けげん》そうにレイラの言葉を待つソウに、慌てて笑って見せた。

「いや、なんでもない」

「子供をケイに任せるのですか？　種族的な決まりとか？」

「違うのよ。ほら、その、一人で育てるのって大変だから、手伝うって言ってくれたのよ。ケイじゃ、ソウが嫌よね」

　ソウは今日のおかずにするのであろう葉を、台に並べる。

「ああ。いえ、嫌だなんて滅相もない。私は、子を捨てていく父親ですから、子育てに文句など言える立場じゃありません」

「捨てていくんじゃないでしょ。あたしの我儘《わがまま》なのだから」

「いいえ。捨てていくんです」

　ソウは、真顔で続ける。

「過程はどうあれ、その子は私の子なのでしょう？　それならば、子供の側を離れて二度と会うつもりがないというのは、捨てていく事ですよ。私に子供を持つ意思がなかった事は、子供にとっては関係のない事ですから」

「そんなふうに、思わなくてもいいのに。あたしが勝手にした事だと伝えれば、子供も分かってくれる」

「そうでしょうか。ああ、だから愛されていないのだ。ああ、だから捨てられたのかと、子供は思うのでは？　望まれなかった事ほど惨《むご》い真実もないでしょうに、レイラはそれを伝えるのですか？」

伝える、つもりでいた。

父親がいない理由を伝えなければ、それこそ捨てられたと思うだろうと、そう思っていた。だが言われてみると、どう伝えたところで子供には望まれなかったという事実だけが残る気がした。なぜなら、本当に望まれていなかったのだから。

「本当に望まれなかったのだと、そんな酷な事実を告げるのか。それとも死別したのだとでも、適当な嘘《うそ》をつくのか。貴女《あなた》は、女としての自分だけしか見えていない。レイラ、貴女は母親になるんですよ。子供のためを思って、どうする事が最も子供のために良いのかを、もっとちゃんと考えて行動すべきです」

ソウは食器を並べながら、片手間に続ける。

「まず貴女は、最初の一手から間違えた。親になるつもりのない私を父親に望むなど、どう考えても子供のためになる選択ではなかったでしょう。だが、済んでしまったことをとやかく言っても仕方ありません。今後、産まれてくる子にどう誠意を見せるのか。今の貴女にそれが出来る気がしないことが、私はとても怖ろしい」

ひやりと、レイラはソウを唐突に哀れに思った。たかだか十八年しか生きていない身で、どんな生き方をしてきたらそんな考えに至るのだろう。母親になる自覚がない、それを指摘された事に少なからず衝撃を受けたが、此《こ》の期に及んでも、レイラはソウの事を想《おも》う。

この青年は、年相応に育つ事を許されなかったのだろうか。大人びた仕草、大人びた言動、そこに無理を感じない事こそが、恐ろしい。人が倍の時間をかけて学ぶ事を半分の時間で詰め込む生き方が、生き急いでいるようで恐ろしい。

大人び〝させられた〟なら、美談にしてはならないのだろう。そうしなければ生きて来られなかったのかと思うと、苦しくなる。こんなにも、自分の事のように苦しい。

ソウは、レイラの表情を見てどう思ったのか、苦く笑って続けた。

「私も、捨てられた子なので」

青年の闇は、突然レイラに向かって顔を出した。

ソウは、食器を並べ終えると椅子に腰を下ろし、小さく溜息を吐いた。今は料理ではなく話に集中する事にしたのか、レイラの方に半身を向けて、視線を絡ませる。

「私は捨てられた子です。気がつくと、本当の親は側におらず、捨てられたという事はかなり早い段階で知りました。その時は、やはり子供心に恨みが残りましたから、私はレイラのあの行動も、屈してしまった自分も、許せません。私は図らずも、私を捨てた親と同じになってしまったのです」

「後悔はしてないの。でも、……反省してる」

レイラは、怒《た》られた子供のように小さくなる。

「でも時が経ち、私の事を家族だと、言ってくれる方が現れたのです。それが今仕えている主人です。私は主人に一生仕えると固く決意し、そしてそう、貴女の言葉を借りるならば、あの方を愛しているのです。大切な、私のたった一人の家族です」

ソウの言葉に力がこもり、真実主人を大切に思っている事がひしひしと伝わってくる。

「だから、私は自分の親と同じになるのだとしても、自分の子供を優先する事はできない。あの方が私を必要としてくれる限り、私は絶対にあの方の側を離れません。しかし、私は私が傷ついたあんな思いを、子供にさせたくないのですよ、レイラ。だから、出来る限りの事はしようと、無理を通してこの時間を手に入れました」

レイラの胸が痛む。ソウが傷ついたと言ったその気持ちに同調したのではなく、彼が傷ついた事そのものに胸が痛んだ。

「私は子供の事など分かりませんし、妊婦の扱いだって知りません。けれど、私は、最初は望んでいなかったのだとしても、子供に親の愛を想像する余地として、何か残してあげたいとそう思っているのです。それが妊婦に栄養あるものを食べさせることなのか、おもちゃを作ることなのか、必死で模索しているというのに貴女ときたら」

大きな溜息をついて、とうとう頬杖をついてこちらを見遣《みや》るソウの顔には、呆《あき》れと諦めの色が滲《にじ》む。

ソウが、こんなにも自分のことを話してくれたのは初めてだ。それが嬉《うれ》しくもあり、子供を愛そうとしてくれていることに、更なる感動が押し寄せてきた。

ソウは、依然として苦い顔でこちらを見ている。いつもきちんと姿勢を正した佇《たたず》まいの彼が、頬杖をついてこちらを見ているのは、なんとも気恥ずかしい。ようやく彼が隙を見せてくれたような、そんな喜びがある。

「もう少し、子供の事を考えてあげて下さい。母親になるんでしょう?」

母親、とレイラは独り言《ひとりご》ち、黙り込む。確かにレイラは、子供が確かに自分の腹で息づいているというのに、話しかける事もしてこなかった。この子は、ソウの子なのに。彼は、この子の為《ため》にここにいるというのに。レイラが果たすべきは、この子供を無事に、元気に産み落とす事だ。それでしか、ソウへの償いは出来ない。

「……急にそんな、何をどうすればいいのか分からないわ」

「ですから、親になるという覚悟をする前に、そもそも子供など作るべきではなかったのですよ」

本当にそもそもだが、ソウの主張は常に一貫している。レイラの初手が悪かった、と。

「いいですか、レイラ。貴女は自身の欲求に誠に忠実です。それ自体悪いとは言いませんが、抱きつく隙を窺《うかが》う暇があるなら、子供が産まれた後の事をもう少し考えてみたらいかがかと私などは思います。子供が産まれたら、服がいるのですよ。事前に用意していなくて、貴女は直《す》ぐに着せるものを準備出来るほど裁縫技術に秀でているのですか？」

彼の前で裁縫を披露した事はないが、秀でていない事は既にばれているらしい。ソウは決めつける言い方こそしなかったが、出来ない事を見透かしている、そんな目だった。

「今までずっと黙っていましたけど、ついでに言わせて貰《もら》いますよ、レイラ。好いてくれるのはとても有難い事なのでしょうが、貴女は私との時間の事しか考えていない。私は今日まで一度も、貴女から子供の話をされた記憶がありません」

レイラは口を開きかけ、結局黙る。ソウは畳みかけるでなくレイラの反応を待ちながら、ぐうの音も出ないレイラを見て、続けた。

「私は貴女と手を繋《つな》ぐ為に来たのでも、抱きつかれる為に来たのでも、口づけをされる為に来たのでもない。私は産まれた後の子供の事を話し合う為に来たのです。無事に産まれるように、それまで貴女を支える為に来たのです。産まれた後に手助けが出来ないからこそ、捨てていく子供であるからこそ、父親が産まれて来るまでの自分の為にこれだけの事をしてくれたのだとせめて子供に残るようにと思って、ここにいるんです」

はらりと、台に載せてあった葉が落ちた。床に落ちる音が聞こえる程に静かで、ソウは徐《おもむろ》に立ち上がり、それを拾う。葉をくるくると指先で弄びながら次の言葉を考えているのか、少し間を置いてから顔だけでこちらを振り返った。

「何度も言いますが、貴女は初手からして完全に間違えました。しでかしてしまった事もそうですが、そもそも子供に対する認識が甘すぎる。私を繋ぎ止める為くらいの気持ちでいませんか。貴女にとって、私との時間よりも子供と過ごす時間の方が遥《はる》かに長いと分かっていますか？　急にどうすれば良いか分からない、などと本来妊娠してから言う台詞《せりふ》ではない」

ぴしゃりと言ってから、ソウは言葉もないレイラの反応を待った。レイラはと言えば、相も変わらず言葉がない。口を完全に閉ざしたままのレイラを見て、きつく言い過ぎたと思ったのか、ソウは小さく頭を掻《か》いた。

「……貴女はこれから、心を入れ替えさえしてくれたらいいんです。過去には戻れないのですから、これから改めていきましょう。慌てなくてもいいですから、少しだけ、子供の事を考える時間を作るところから始めましょう。貴女の頭の中には、私しかいないようですから」

自意識過剰だ、と言ってやりたかったが、やはり言葉にならなかった。年下の青年にこっぴどく叱られたとあっては、流石《さすが》のレイラとて多少は落ち込む。そんなレイラを慮《おもんぱか》ってか、言いたい事を言い切ったからか、ソウはそこでようやく小さく笑った。

「分かって頂けました？」

「……貴方《あなた》の事しか考えてない、訳では」

「ほう。他に何を考えているのですか？　是非お伺いしたいのですが」

「じっ、」

自意識過剰な男だと今度こそ言葉になりかけて、レイラは言葉を飲み込む。悪戯《いたずら》っぽく笑うソウに目を奪われてしまっている自分に、自意識過剰だというわけでもなく、それは残念ながら真実であると言わざるを得ない事を認める。

「じ？」

「……わ、悪かったわねっ！　どうせ寝ても覚めても貴方の事しか考えてないわよ！」

「開き直られても困るのですが」

そう言ってくすくすと笑うソウは、いつにも増して愛らしい。

「貴女のした事は一生許さないでしょう。でもね、レイラ。心の底から自分を愛してくれる人は、嫌いきれないものですよ」

言われて、レイラは目を丸くする。

「え？」

レイラは立ち上がる。ふらり、と一歩、ソウに近寄った。

「ほ、本当に？」

「断じて、好きになったとは言ってませんよ。ただ、貴女《あなた》は勘違いしているようですから。私は、貴女が嫌いではありませんよ、レイラ。良くも悪くも貴女は正直過ぎる。美点なのでしょうが、やはり貴女はあまりにも勝手です。嫌いになる前に改めて頂けたらと思い些《いささ》か言葉が過ぎましたけど、ちゃんと分かって頂けましたか？」

倒れこむようにして、床にへたり込む。そのまま、椅子に腰掛けるソウの膝に頭を預け、その腰に手を回した。折れそうなほどに、細い。

嫌われていない。それがどんなに凄《すご》い事か、レイラは身を震わせる。レイラの気持ちは、それだけはちゃんと通じていたのだ。思わず溢《あふ》れた涙を隠すために、レイラはソウから見えないように、顔を自分の腕の中に収めた。

「私は、貴女のものになってあげる事はできないし、ここに残る事はない。しかし、これだけは約束しますよ。その子だけは無事に産まれるように、残された期間、全力を尽くして守ると」

「それで、十分よ」

十分だ。本当に。

レイラの我儘《わがまま》で、望まぬ子供を突きつけられたというのに彼は、その子を愛してくれるという。こんな幸せが、あるだろうか。

レイラは顔を上げる。真上に見えるその端整な顔に、そっと顔を近づける。あわよくば唇を奪ってやろうと思ったのだが、さっとソウが手でレイラの口を塞いだ。

「何をする気です？」

流れで。と言ってはみたが、口を塞がれていたのでうまく言葉にならなかった。

その手に、唇を押し当てると、ソウはびっくりしたように手を引いて仰《の》け反《ぞ》り、椅子から転げ落ちそうになるのを、すんでのところで持ち直した。

「な、なにを」

「感謝の口づけを」

「いりません！　貴女、話を聞いていたんですか⁉」

怒る青年に対し、可愛《かわい》いなどと空気の読めない事は言えず、レイラは真顔になる。

「……この際だから聞いておきたいんだけど。ソウって、女に興味はあるわよね？」

「ありません」

「ないの⁉」

なんという事だ。まさかの、興味がない。それではどれだけ迫っても無駄というものだ。

卒倒しかかっているレイラから逃げ、少し離れたところからソウは言う。

「女体に、という意味ならなくはないですけど。しかし、目下女性は懲り懲りというか、関わり合いになりたくないというか。主に貴女のせいで」

「あ、女の体には興味ありよね？　そうよね⁉　あぁ、びっくりした。他の女も寄り付かせないなら、それはそれで大いに結構だわ」

レイラは、とりあえず胸を撫《な》で下《お》ろした。ソウは臨戦態勢に突入してしまったのか、身構えるようにして、離れた所からこちらを見ている。

「そうなると、あたしで食指が動かないというのは、なんとも癪《しゃく》だけど」

「妊婦相手に、そんな気になるわけないでしょう」

ソウはレイラを警戒しながら、並べた葉に手をかける。そろそろ料理に取り掛かりたいのだろうが、レイラとしては、口づけの一つでもしないと、この昂《たか》ぶる気持ちは抑えられない。

じりじりと間合いを詰めるレイラを見て、ソウが身を縮めて睨《にら》む。

「それ以上近寄ると、嫌いになるかもしれませんよ」

「それを言う⁉　狡《ずる》いわ！」

「なんとでも言ってください。惚《ほ》れた方が負けると、相場は決まっているんです」

「くっ」

悔しいが、誠にその通りだ。

レイラは葛藤の末に、やはり負けた。嫌いになると言って嫌いになる事などないだろうが、万に一つの可能性すら怖い。それが惚れた弱みだ。

「レイラ」

「な、なに」

ソウは手を動かしながら、真顔になる。

「私は育ててあげられませんから。貴女が、慈しんで下さいね」

ずきん、と胸が痛くなる。

あたしも、育ててあげられない。そう言ってしまえれば、どれだけ楽かとも思う。ソウの言う通り、レイラは子供が産まれた後の事を、確かに何も考えていない。産まれた子供にしてあげられる事はないと思っていたし、死んだ後の事よりも今、生きている残された時間をどれだけ幸せに生きるか、それだけを考えるのに必死だった。産まれた子供の一生は、長く長く続いていくというのに、死ぬ定めだからとぞんざいに放り出そうとしているレイラは確かに、母親としては失格だろう。育てられないなら尚更《なおさら》、死んだ後の事をきちんと考えておくのが、レイラの仕事だ。

レイラが死んだ後にも世界は通常運転で回り続ける。そこに我が子が残される事を全く考えなかったレイラは確かに、考えを改めなければならない。産まれて直ぐに子供を包《くる》むべき服。それを事前に準備しておく事は、生きている間に出来るのだと身につまされる思いだ。

ソウには、この責任感の強い青年には、レイラが死ぬ事はやはり言えない。我が子のために、主人との板挟みに更に苦しむことになるのだろう。

あたしも、育ててあげられないの。

そう胸の中で呟《つぶや》いてみると、きゅっ、と腹が痛んだ。子が、泣いているのかと思った。

「考えて、みるわね、ソウ。あたしもちゃんと、考えてみるから、手伝ってくれる？」

おずおずとレイラが言うと、ソウは台所に向かいながら顔だけで振り返った。ええ、と穏やかに笑った青年は、葉をすり潰し始めながら言う。

「ところでレイラ。私は本当に、妊婦や出産については素人なのですが、六ヶ月程で、産まれるんですよね？　産婆さんには頼んであるのですか？」

ああ、とレイラは応じる。こんな若者が、知る必要のなかった知識だろう。ソウにも知らないことがあるのだと、少しほっとする。

「そうね。殆《ほとん》どの子供は、コトに及んでから半年程で産まれてくる。種族毎《ごと》に産婆は大抵いるものだけど、少数種族はその限りではないし、他種族婚に関しては、更にその限りではないわ。産婆はあくまでも、同種族の間に産まれる子供を取り上げるものだから」

飛びつきたい衝動を堪《こら》えつつ、レイラは料理を始めるソウの手元を覗《のぞ》き込む。

「あたしも専門家ではないから、そう詳しくは知らないけどね。一般的な子供が出来る過程は、まず男女がコトに及ぶでしょ。ここで受精に成功すると、肉体が母体の中で育つ。

この肉体の事を、〝殻《から》〟って言うの。伽羅ではそうではないけど、通常、親となる男女の容姿が入り混じった姿を継承するわね」

ソウは頷《うなず》くことで理解を示し、続きを促してくる。

「この段階で出来た、〝殻〟はただの入れ物。ここに〝魂〟が宿らなければ肉体は命を持つ事が出来ず、流産となる。〝魂〟というものは、その辺りに浮遊して適合する〝殻〟を探していると言われているけど、ま、目には見えないから本当なのかどうか」

「しかしその魂を実際に目に映し、扱うに長《た》けた魂族《れいぞく》なる種族もいますから、我々には与《あずか》り知れぬ事ではありますが、その辺りに、いるのでしょうね」

ソウはふっと宙に視線を泳がせたが、当然彼にも見えないのだろう。実際、レイラもそのようなものを見たことはない。

「ま、通説ね。〝魂〟は死んだ時に空に還《かえ》る。そして新しく適合する〝殻〟を探す事から、転生、なんて言い方もされるわよね。まぁ、前の人生の記憶はないそうだけど」

通説が本当ならば、レイラがこの人生を終えると、レイラの肉体に宿っていた魂はどこか別の殻を探して世界を彷徨《さまよ》う事になる、という訳だ。

ソウは不思議そうに小さく首を傾《かし》げる。

「死者の魂が巡り巡るというなら、最大人口は一定、という事になるのでしょうか？」

「は？」

尋ねられた意味が分からず、レイラは苦い顔をする。

「魂は巡る。であるならば、同じ魂がぐるぐると回って人間として産まれては死に、産まれては死んでいるわけでしょう？　魂の数に限りがあるなら、産まれる事が出来る人間の数はその魂の最大個数を上回る事は出来ない、という事になりますよね？」

レイラは目を閉じ、ソウの言葉を三度反芻《はんすう》してようやく理解する。

「あー、まあ、そういう事になる？」

「適合する殻がない魂はどうなるのでしょう？　その辺りに浮遊したまま？」

「……さあ」

「逆に魂が全て人間として転生済の場合、どれだけ望んでも子供は産まれないのでしょうか？」

「…………さあ？」

レイラは首を傾げ、続ける。残念ながらその答えを与えてあげる事は出来ないが、レイラはこほんと咳払《せきばら》いをして話を戻す。

「まあ、とにかくね。他種族間における出生率の低さっていうのは、まず殻を作る事が難しい。あっ、理由は尋ねないでよ？　そんな自然の摂理に近いもの、あたしに尋ねたって分かるわけないでしょ？」

尋ねられるような気がして先に断ると、ソウはやんわりと笑っただけで続きを促した。

「次に、やっとの事で殻を作る事に成功した母体に、今度は適合する魂を定着させるのが難しい。聞いた話だと、こう、殻に合う魂がふらふらと寄ってきて、殻に馴染《なじ》もうとするんですって。産まれるまでの半年をかけて、ゆっくり、じっくり」

レイラは右手と左手を擦り合わせ、イメージを伝えようとする。

「この定着を〝結び〟と呼ぶんだけど、これがうまくいかなくてもやっぱり子供は産まれない。他種族だと、これもまた難しい」

がっと両手を組み合わせて、レイラは更に続ける。

「この両方をうまく母体がこなした時、初めて子供は産まれてくる。この工程を他種族と交わってもうまくこなせる、それが伽羅族ってわけね。難しい難しいっていうけど、意識して出来るものではないから、凄《すご》い事をやっているっていう感覚はないけどね」

「なるほど。なんとなくですが、魂族の凄さは分かったような気がします。位の高い産婆に頼むと子供に恵まれる確率がかなり高くなるというのは聞いた事がありますが、適合する魂を探すであるとか、〝結び〟にあたりうまく対処する力をお持ちなのでしょうね」

人の体に魂を定着、あるいは分離させる事を得意とする、魂族という種族がいる。肉体なる殻に魂を結びつける事が出産であるならば、魂族はまさにうってつけの産婆である。

「通常、普通の村にいる産婆さんっていうのは、殻に関して詳しい者の事なのよね。殻がうまく形になっているのか、魂の結びが順調に進んでいそうなのか、それを沢山の妊婦を見てきたことによる経験から判断する存在。あとは産後の手順とか、まあ、そういう事に詳しい人。魂族の産婆というのは、うまくいってない状態を〝なんとかする〟力があるのでしょうね」

レイラは、想像だけど、と付け加える事を忘れない。

「伽羅の産婆さんは、経験が豊富な方なのですか？」

「そうね。伽羅は産む数が桁違いだから、見てきた経験値で言えばかなりのものかしら。五十を過ぎてそろそろ引退したいからって、最近では弟子を育ててるわね。あたしの出産は任せるつもりよ。魂族ではないから、うまくいってなくても対処は出来ないけど、伽羅ではうまくいかない事がそうそうないから」

だからこそ求められ、虐げられてきた。

「五十で引退を考えるのですか？　伽羅は短命なのですか？」

「うん？　さあ、他の種族はどうか知らないけど、六十位になって来ると、まだ生きてるのってからかわれる。ちなみに族長は、七十が目前だから、いつ死んだって大往生」

「それは短命です」

ソウが目を丸くしたので、レイラは身を乗り出す。

「ふつうは？」

「それこそ種族によるのでなんとも。しかし大概は短くとも八十から九十、長ければ二百年以上生きる種族もありますよ」

「げぇ！　そんなに生きて何するの!?」

レイラが嫌そうな顔をすると、ソウは可笑《おか》しそうに相好を崩す。

「ソウは？　長生き予定なの？」

「あはは、命に予定などありませんよ。私は寿命ではなく、主人を守って死にます」

「あー、はいはい」

レイラは両手を振って話を終わらせる。聞くんじゃなかった。

「ちなみに六ヶ月というと、どのくらいの大きさで産まれてくるのです？」

「両手に全身が乗るくらい、かしらね」

「そんなに小さいのですか」

ソウは目を丸くしながら、楽しみだな、と笑った。そしてレイラにも問いかけるように、再度言う。

「楽しみですよね、レイラ」

ソウの子だ。今までお腹《なか》を強く意識した事などないが、レイラの体内には確かに、愛するソウの子供が産まれて来る日を待っている。それはとても、愛おしいもののように思えた。

「楽しみになってきたわ」

正直に言うと、ソウは優しく微笑《ほほえ》んだ。

なにがなんでも、彼に子供を抱かせてあげたいと、そう思った。

※

伽羅との見合いを望む雷国の小家、その家主の男児にあたる主子《しゅし》の来訪を控えた、ある日のことだった。

仕事は極力したくないが、それでは一族の生活や、氷国への納金が滞ってしまうため、レイラの我儘《わがまま》もいい加減に通じなくなって来た。相手が家主の主子ともなれば、相手の顔を立てる為《ため》にも村の代表である当主、レイラが顔を出さぬ訳にもいくまい。否、以前のレイラならそれでもケイに丸投げして、ソウとの時間を優先したかもしれない。だが今は逆に、ソウが見ているからこそ頑張らなければならないと思えるようになっていた。彼にレイラの働く姿をちゃんと見せて、感心して貰《もら》いたい。ただの我儘で身勝手な女ではなく、やれば出来る女だと認めて貰いたい。

以前から打診のあった主子が明後日《あさって》には来る、という時になって、レイラはお腹に異常を感じた。

下腹が、妙に痛い。蹲《うずくま》るような痛みではないが、痛みは確かにある。昨日まではなかったものだ。

産婆に聞いてみるべきだ、とケイが言うので、ソウには内緒で産婆を訪ねた。もしも何かあったら、心配する。

一頻《ひとしき》りどんな痛みかを伝えると、彼女は腹を撫《な》でるように、時には少し強く押しながら、レイラのお腹を改めた。

「これは、うまく育ってないかもしれないね」

そう言われた時には、頭を鈍器で殴られたような目眩《めまい》がレイラを襲った。きちんと子が生《な》った上で、産むまでにそんな不調が起こるという事態は、こと伽羅にとってはあまり例がない。

あまりの事に言葉のないレイラに、産婆は続ける。

「いや、流れるというわけではないが。伽羅とてたまにはある事だが、卵か種か、どちらかに不調があったのかもしれないね。きちんと生ってはいるが、母親がうまく腹の中で育ててやらないと、出て来られない弱い子かもしれない」

「そんな」

産婆は苦い顔をする。

「父親は十八、か。種が未熟という事は、ないとは思うが。伽羅は長く卵を凍結すると、最初の頃は卵が弱っていて不調になることがある。だから、解凍後一ヶ月は子作りを推奨しないだろ。そういう場合もあるが、レイラに関しては、卵をそもそも凍結していないんだろ？　なら、異常は父親にあったと思うべきだろうね」

レイラは血の気が引いていくのを感じながら、まだ年若いソウの顔を思い浮かべる。

「わ、若すぎたという可能性もあるの？」

「十四の頃には子作りを始める種族もあるからまぁ、種族にもよるとしか言えないが、若い云々ではなく、単純に何か種に不都合となる原因があるのかも知れん。種族的なものか、はたまた生活状況に起因するものなのか、父親には心当たりがあるかも知れんぞ」

レイラは、我知らず腹を押さえる。

「でも、ちゃんと産まれてはくるでしょ？」

「それはあんた次第だよ、レイラ。とにかく食に気をつけて、安静にして成長を促しな」

「安静にって、どのくらい？　どうしたらいいの」

子供の事など、ついこの間までさほど意識した事はなかった。子供は生ってしまえば放っておいても勝手に産まれてくるものであるし、勝手に育ってくれるものだと、そう思っていた。

急に怖くなる。産まれて、来られないかもしれない。ソウの子が息を吸う瞬間を見る事が出来ないかもしれない。ソウがあんなに楽しみにしているのに。

そんな可能性、万に一つも考えたことがない。

「とにかく体に負担をかけないことだ。体だけじゃないよ、心も安らかに。動かないことを心がけな」

今まで動き回っていたせい、なのだろうか。レイラのせいだったら、どうしたらいい。

「動かなければ、いいのね？」

産婆は苦く笑う。

「全く動かないというのもよくない。軽い散歩程度はした方が良かろうが、走ったり、それこそ獣相手に対峙《たいじ》したりといった行動は厳禁だ」

「散歩、散歩ね」

「父親に話すんだな。協力なくしては、どうにもならんぞ」

例によって、嫌われたらどうしようと頭を抱えた。子供の事を考えろと言われた矢先だ。そうした注意を今まで怠って来た事が仇《あだ》となったなら、申し開きのしようもない。ソウの子供を殺してしまいかけているのだ。怒ったとしても無理はないし、腹の中で子を育てるのは母親の仕事だ。ソウが栄養のつくものをと考えて食事の支度をしてくれている事を思えば、出来る限りの事をしなかったのはやはり、レイラの方だ。

隠していようか、とも一瞬考えたが、直《す》ぐに怪しまれるだろう。昨日までは走り回っていたレイラが、急に家からも出ず、動かなくなるのだ。怪しまない方がおかしい。

だからといって、今まで通りに振舞う事はできない。子供の命には、代えられない。レイラはたっぷり三時間悩んで、食事の準備をするソウに意を決して話しかけた。

「やっと話してもらえるんですか。なんです？」

「やっと？」

「帰ってきてから、ずっと泣きそうな顔をしていますよ。何かあったんでしょう？」

ばれていた。レイラの決心がつくまで尋ねないでいてくれた優しさに感激しつつ、何度も深呼吸をして、俯《うつむ》きながらやっとの事で言葉を紡ぐ。

「あの。お、お腹が、痛くて。それで産婆に会いに行ったら、安静にしてないと、産まれてこれないかも、って言われた」

一気に言い切って、レイラは膝の上で拳を作る。なんて、言われるのだろう。怖い。そらみたことかと怒られるだろうか。

ソウの顔が見られないレイラの頭上に、淡々とした声が降ってくる。

「ああ、そうなんですか。では、安静にしていて下さい。何かして欲しい事があったら、遠慮なくどうぞ」

「……え？」

レイラは間抜けな声を漏らし、おずおずと顔を上げた。

「え？　何か？」

そこには、いつもと変わらない優しい顔がある。ソウは心底不思議そうに、レイラの決死の覚悟が込められた言葉をさらりと流した。

「怒らないの？」

「なぜ？」

「だって、あたしが動きすぎて、こうなったのかもしれない。考えが足りなかったから、かもしれない」

「たぶん違いますよ。種に問題があったとか、そういうこと、言われませんでした？」

レイラは黙り込む。それがもう、答えになっていた。

やっぱり、とソウは苦く笑った。

「だろうと思いました。私は正直、ここに来て確かめるまで、いくら伽羅とはいえ子供は出来ていないのではないかと、半々くらいで思っていました」

「どうして？」

「私は未来永劫《えいごう》、子を作る気がなかったもので、子種に影響するであろうことも沢山してきているからです。だから、貴女《あなた》のせいではありませんよ。よく妊娠したものだと、私はそう思っているくらいですから。とにかく言われたからには、出来る限りの事は致しましょう。安静に、ですね？」

子種に影響すること、とはなんだろう。あまり体に良くないこと、であろう事は想像に易《やす》い。それも、主人のためなのだろうか。理由はともあれ、そんなことを表情一つ崩さずに言う青年が、酷《ひど》く儚《はかな》く見えた。いつの間にか消えてしまっていそうな、そんな危うさが言葉の端々に滲《にじ》んでいる。

レイラが椅子から立ち上がろうとすると、すっとソウが手を差し出してくれた。その手に縋《すが》って、そのままソウを抱きしめる。

「あたしが、愛してるんだからね」

「は？」

「だから、消えてしまわないで」

「意味がよく、分かりませんが」

自分の事になど、興味がないのだろう。なにをするにも主人のため。それ以外に理由などなく、主人のためなら喜んで死んでいくのだろう。それが、危うい。誰にも看取《みと》られることなくひっそりと、その命が失われていきそうで怖い。

「貴方《あなた》が死んだら、あたしは泣くの。だから、簡単に死なないで」

「なんの話ですか、レイラ」

不可解そうに眉を顰《ひそ》めるソウを抱きしめたまま、その髪の香りに涙が出そうになる。レイラがこんなに愛しても、ソウは主人の一声でレイラを切るのだろう。このソウの命を握っているのは、顔も名も知らぬ彼の主人で、レイラではない。

命を粗末にしないで欲しいのに。ソウは、命を懸けて何かを守って、死んでいく気がする。そしてそれは、レイラではない。

「なんでもない。ところで、何をお願いしてもいいの？」

レイラは努めて明るく、話題を変える。レイラを突き飛ばすことも出来ないのだろう、大人しく抱かれているソウの言葉が近くて、声が肌を全身に伝っていく。

「常識的なことなら」

「じゃあ、口づけを」

「常識的なこと、と言ったばかりです」

「あたしには常識よ」

ソウは小さく溜息《ためいき》をついて、レイラの肩に手を置く。ぐっと引き剝がされてしまい、食い下がろうとしたレイラの前に、ソウが急に跪《ひざまず》く。

何をするのかと思っていると、ソウは優しく腰に手を回してきた。緊張で一気に身の硬くなるレイラの腹に、その唇を押し当てる。

「えっ⁉」

ソウは一回きりで立ち上がると、仕方なさそうにレイラを見遣《みや》る。

「私の子供に」

「あっ、な、なるほど⁉」

「先に言っておきますが、私にとっては常識ではないのでこれきりに。……ふっ」

ソウが、可笑《おか》しそうに小さく噴き出す。その顔が愛らしくて、見惚《みと》れてしまう。

「大きな事を言う割に、意外と直ぐに赤くなりますよね、レイラって」

「は？」

レイラの顔を指差して忍び笑いをするソウに見惚れながらも、慌てて頬に手をやると、信じられないくらいに熱かった。おそらくは、真っ赤になったレイラを笑っているのだろう。

口づけを受けた腹に、触れる。そこでは確かに、子供が生きようとしている。レイラの激しい動悸《どうき》を受けてか、お腹《なか》の中で子供がぴくん、と跳ねたような気がした。

※

久々に、伽羅に見合いを求める主子が来る。

その日、レイラは狩猟区への送迎に出る事は出来なかった。狩猟区に出掛けるなど以《もっ》ての外《ほか》で、レイラはかつてないほど淑《しと》やかなる生活を送り始めたばかりだ。

産婆に言われるがまま、動くといえば散歩がてらのんびり歩くくらいで、走ることも跳ねることも、お腹に負担になるであろう全てのことを避け、ゆっくり、そっと、を心がけている。

そんな様子に村の者達は目を剝《む》いたものだが、例によって、ケイだけは指を差してげらげらと笑っていた。

笑いたければ笑うがいい、とレイラは余裕をみせる。なぜならば、ソウが手を引いて歩いてくれるのだ。羨ましそうにレイラを見ている数えきれない目が、レイラの気持ちを天高く昇らせる。鼻が高いとはまさにこのこと、これほどまでに有頂天になることももうないだろう。

とにかく、そんなレイラが狩猟区に迎えに行けるはずもなく、主子には自力で到着してもらうほかなかった。腕輪を持つレイラの他に、この瑪瑙地区を安全に走り回れる者などこの村にはいない。

主子は、柘《つ》大家領の小家の現当主の第一子であった。緑の短髪に緑の目、小柄ではあるがぽってりと恰幅《かっぷく》がよく、二十歳そこその見た目の男であった。

第一子というのはポイントが高い。子を求められる伽羅には、願ってもない玉《たま》の輿《こし》のチャンスだ。かなり高い確率で子供を産めるのだ。子を産んだ側室は立場がぐんと跳ね上がる。

予定より遥《はる》かに遅れて到着した主子には、付き人が五人いた。本来なら選《え》りすぐりの傭《よう》兵《へい》を雇い、そもそも数人程度で瑪瑙に入るものだが、目の前の主子はかなりの大人数で来て、襲われたらしい。残った兵士達の目に生気はなく、服装や流血の痕からはその壮絶なる戦闘をうかがい知ることができた。何人が犠牲になったのかは聞かぬが花だが、相当数死んだと思われる。瑪瑙地区は、鍛え上げられた屈強な傭兵ですら太刀打ちが出来ぬ、何度も言うがそんな恐ろしい場所なのだ。

主子一人が潑剌《はつらつ》と元気で、浮いている。ただの平民であればケイあたりに応対を任せても良かったのだが、相手は主子である。本来であれば伽羅から出向かなければならないような相手を、わざわざ、遥々《はるばる》、出向かせたとあらば、一応伽羅村の代表であるレイラが迎え入れねばなるまい。ただ広場へと案内するだけだと、レイラは当主として彼を出迎えた。

黙ってついてくる主子達は、そっと歩くレイラの歩調を気に掛ける様子もない。物珍し気にようやくたどり着いた伽羅村を観察しているようであったが、直ぐに飽きたのだろう、視線は前を歩くレイラに向けられたようだった。前を向いているだけかとも思ったが、やけに視線が痛い。広場への道中、たまりかねてレイラは問うた。

「なにか」

「当主さんも、見合いには参加を？　私は一目で貴女を気に入ったなぁ」

嫌な目をする。

レイラは顔には出さないように、努めて真顔で返す。

「残念ながら、当主は村を離れられないので」

「子供だけ産んでくれれば、別に城に来てくれなくてもいいですよ」

こいつは駄目だ、と思った。

伽羅には、凄惨な歴史がある。子を産む為《ため》の道具として犯され、虐げられてきた伽羅は、人権など持たぬ辛苦に晒《さら》されてきた先人達の歴史を幼少より学んで育つ。先人達の無念を晴らさんがばかりに、今の伽羅の女は、相手を「選ぶ」事に強い固執を示す。

現実問題として、身分の高い男はそれだけで目を引く。多少性格が悪かろうと、見目が悪かろうと、嫁ぎたがる者は一定数いるため結果を確かめるまで一概には言えないが、伽羅の女達が今最も大切にしていることは、己の尊厳である。眼前の主子のように、女を道具としか見ていないような輩《やから》は、縁談がまとまらない可能性が比較的高い。

レイラは話す事すら億劫《おっくう》で、軽く受け流して広場へ連れて行く。そこで鐘をつく事は縁談希望の男の到着を意味し、第二地区から興味のある女達が集まってくる。

少し離れたところから付いてきていたソウが、さっと鐘に近寄る。鐘は重い。いつものレイラならなんということはないが、今日は誰かに鳴らして欲しいと丁度思っていた。本当に気の付く良《い》い男だ。

レイラに視線を送ってきたので、小さく頷《うなず》いて見せると、ソウが鐘を鳴らした。ゴーン、と重い音が一度。レイラが指で二を作ると、それを見たソウが、更に二度鐘をついた。言葉を交わさなくとも意思が伝わるというのは、いい気分だ。思わずにやけてしまったのだろうか、主子が話しかけてくる。

「当主さんは、年下がお好みで？」

中々に目敏《めざと》い。レイラは慌てて表情を引き締め、それには答えずに言う。

「これで、貴方に興味がある女達が集まってきます。是非話をしてみてください。念のために言っておきますが、集まってくる女達に、無作法のないようお願いします」

いつもはそんなことは言わないが、この男には言っておこうと思った。あまり印象が良くない男だ。力ずく、なんて蛮行に出られても困る。

「お疲れでしょうから、今晩は宿を用意します。見合いが纏《まと》まろうと纏まらなかろうと、明日には出立を。見合いが纏まった場合にのみ、料金をいただきます。何か質問が？」

「いいえ、特には。宿には、当主さんが案内を？」

「見合いが終わる頃にまた来ます。では」

レイラはさっと、その場を離れる。あまり顔を突き合わせていたくない相手だが、これも当主の役目。ちらりと振り返ると、主子が追いかけてくる様子はなく、集まり始めた女達を品定めに入っていた。纏まらない縁だろうとは思うが、人には好みというものがあるので、結果は分からない。

レイラはソウを捜す。てっきり付いてきてくれているのだろうと思っていたが、振り返った視界には入らない。鐘の所にもいない。

「ソ、」

「こっちです」

呼びかけたレイラに、反対側から応じる声がある。いつの間に前に回り込んだのか、ソウがレイラの進行方向に現れた。

「素早いのね。付いてくる気配も感じないし」

「そういう仕事なので」

ソウはさらりと言って、レイラの全身を見遣ってから言う。

「体調はどうです？　接待仕事は久々なのでしょう？」

「仕事と言っても、案内するだけだから。走ってもいないし、特に痛みもない」

レイラは、腹を撫《な》でながら言う。痛みを訴えてこないということは、子供が安らかなのかも知れない。言葉も話せないくせに、彼は訴える力があるのだ。生命力とは恐ろしい。

「ソウは、どちらが欲しいとかあるの？　この子は、男のような気がしているけど」

「どちらでも。でもレイラがそう思うのなら、男の子なのでしょうかね。なおさら、男親がいた方が良いのでしょうが。おもちゃ作りの参考にします」

ソウは最近、子供がいる家庭を見学に行っては、どのような遊びをしているのか聞いて回っている。本当におもちゃを作るつもりのようで、その気持ちが嬉《うれ》しい。

「それよりもレイラ。先程の、今日お見合いに来た主子ですが。柘大家領、舛《ます》小家の第一主子では？」

「知ってるの？」

「ええ、まあ。彼は、少し扱いに気をつけた方がいいですよ。あまり恥をかかせるような事があれば、おそらくろくなことになりません。不自由なく育てられている主子ですから、気に入らないことがあると傍若無人な振る舞いに出る可能性があるかと思いますよ」

「そう。それは、注意が必要ね。多分だけど、あの男に嫁ぐ女はいないから」

そういう場合の対処も本来はレイラの仕事だが、今回はそれも難しい。腕尽くで止める他、方法を知らないレイラとしては、その腕っ節を封じられると弱い。

「どうにもならない場合は、私が対処しますから。レイラは、無理だけはしないようにして下さい」

「ソウが、どうやって？　まぁ、腕っ節であの主子に負けはしないでしょうけど、傭兵はかなり屈強そうだったわよ」

「瑪瑙での護衛を買って出るような傭兵は、各々腕っ節が桁違いでしょう。あの人数を相手に立ち回るのは難しいので、力押しは避けたいところですが。伽羅の中で、こういう時に腕を揮《ふる》ってくれる方は？」

「腕っ節って意味で？　残念ながら皆無よ。当主であるあたしの能力がずば抜けているだけで、村人は全員その辺に転がってる石ころとでも思ってくれて構わない。なんの役にも立たないから、期待しないで」

「男性も？」

あはは、とレイラは笑う。

「ソウの種族じゃどうか知らないけど、伽羅では男は女より弱い。単純な腕っ節で、ね。転変後も、空は飛べるけど戦闘向きじゃない。体格が格段に良くなるから人型よりは〝まし〟だけど、自在に転変できるような男は、前にも言ったけど出稼ぎ中だしね」

なるほど、とソウは頷いて、更に問う。

「では、主子の応対を代わってもらえるような人材は、いないんですね？」

「宿に案内するだけなら別に、正直誰でもいいのよ。でもああいう手合いだと分かった以上、あたしが行く他、選択肢はない」

「最悪の状況になった時、戦えないのに、ですか？」

ソウは不可解そうに言うが、おそらく彼は伽羅の脆《もろ》さを分かっていない。

「それでも、よ。淑やかにしてるあたしの方が〝まし〟な程、伽羅は弱いの。それに、例えばあの男に女を襲うつもりがあるとして、考えてもみてよ。その辺の女なら容赦なく襲ったとしても、あたし相手なら躊躇《ためら》ってくれる可能性が上がるわ。あたしはこの伽羅の代表である、当主なの。問題になるかも、って普通、頭を過《よぎ》るでしょう？」

「……まあ、普通は？」

ソウは訝《いぶか》し気ではあれ、レイラの言葉を認める。あの主子に良識があるか否か、それは少し話をした程度では判断できかねるが、おそらく問題は起こらないだろう、とレイラは経験上、思う。伽羅の女を道具としてみる、そんな認識を持った男は今までにもいたが、伽羅村の中で大きな騒動を起こした事は今のところない。

一つには伽羅の女達を襲ったところで、卵が凍結されている可能性が高い以上意味がない。まとまるかも知れない相手がいた場合に、ご破算になる事が確実になるだけでむしろ損をする。

また一つには、当主の強さにある。今でこそ立ち回りは難しいが、本来であれば、屈強な傭兵複数人を相手にしても後れをとるつもりはない。帰り道にまた瑪瑙を通らなければならない外の男達にしてみれば、伽羅村で大立ち回りを演じ、傭兵の多くが傷つき、動けない事態になってしまった場合、帰る術がなくなる事になる。レイラが瑪瑙まで迎えに出るのには、客を失うと商売に関わる事の他にも、当主である自分の力を知らしめておく意味合いがある。敢《あ》えて獣に出遭ってもらい、その圧倒的な恐怖を植え付けた上で、レイラが獣を下がらせてみせる。大概はこれで、当主の凄《すご》さを実感してくれるものだ。

たかだか一つの村に過ぎないものの、伽羅は閉鎖された村だ。状況のよく分からない村で、孤立するかも知れぬ場所で、普通の感覚であれば面倒は起こさない。あの主子も例に漏れず、そうであるだろうと思う。

「まぁとにかく、レイラは無理をしないで私を呼んで下さい。いいですね？」

困ったらソウを呼ぶ。

レイラはうっとりとソウを見つめ、ふふと笑う。この伽羅で、レイラを助けられる者は有りはしないので、なんとも気恥ずかしいが心強く、そう言って貰《もら》える事がもう、嬉しい。

「分かったわ、ソウを信じる」

ソウは、小さく笑う。

「それとも、問題がないようでしたら私が案内係をしましょうか？　助けに入る手間が省けますし」

「いや」

レイラははっきりと、ソウの言葉を遮るように否を示す。

「他種族の私では、やはり問題が？」

「ああ、それは別にないけど」

「じゃあ何故《なぜ》です？」

うふふとレイラは、うっとりと笑って言う。

「むしろ助けて欲しいっていうか？　助けられてみたいっていうか？」

「はあ」

ソウは明らかに呆《あき》れた顔をしたものの、肩を竦《すく》めただけでレイラを戒めはしなかった。

「まあ、レイラの言う通り、普通に考えたら何事も起こらないでしょうが。一応念のため控えているようにしますから、困ったら呼んでください」

最高か。

レイラは心の中で一人、悶《もだ》える。実際にそうなっては困るのだが、助けられてみたいとも思う。怒られそうなので、口が裂けても言えないが。

「信じてるわね？」

「そうですね。信じてもらっていいですよ。私は、大概のことは出来ますから」

「言うわね」

瑪瑙の獣こそ対峙《たいじ》しきれなかったが、狩猟区で諜報《ちょうほう》活動を任されるということは、大抵の獣の相手は出来る強さがあるということだ。料理も出来る。おそらく、おもちゃだって簡単に作るのだろう。ソウは、他に何が得意なのだろう。大概の事が出来ると豪語するからには、歌やダンスも上手《うま》いのかもしれない。一度、披露してもらいたいものだ。

「逆に、何が苦手なの？」

「苦手なものがあると死に物狂いで克服してしまうので、今のところは特にこれといって。ですから、苦手だと思える新しい事に出会うのは、喜ばしいですね。苦手な事が減れば減るだけ、いざという時に主人に醜態を晒《さら》さなくても済むのですから」

「まーた、ご主人様ですか」

レイラはげんなりと言うが、ソウは此処《ここ》一番の大人びた微笑を浮かべる。

「ええ。それが私の生き甲斐《がい》ですから」

「はいはい。男のご主人様を羨むのはもう止めたんですー。あたしの妬《ねた》み嫉《そね》みの相手は、女に絞る」

それは本心だ。そのご主人様とやらがあって今のソウがあるのならば、それは受け入れるべきものだ。相手が男であるならば、レイラの恋愛的な意味において、対峙すべき者ではない。そのご主人様を一途《いちず》に想《おも》っていてくれるうちは、ソウの中での女の順位は、レイラが一位を狙える。

「それは助かります。私は女性を好きにはならないので、これでレイラの御不興を買うこともなくなりますね」

後にはやはり、一番はご主人様だから、とても続くのだろう。なんとでも言うがいい。レイラを含め、誰も好きにならないなら、それはそれでいいのだ。レイラの上に立つ女さえ、いなければ。

レイラは余裕の笑みを向ける。今までのレイラなら、自分を見て欲しくて苛立《いらだ》って、ソウに愛してもらわなくてもいいと口では言いながら、ソウの一番になりたくて心を痛めていただろう。だが、レイラの心はここにきて、大きく変わり始めている。

レイラを愛してくれなくても、ソウはレイラを大事にしてくれる。望んで出来たわけでもない子供を、大切にしてくれる。それで十分だと本気で思っているからこそ、レイラはこうして、ソウの一途な主人愛を目の当たりにしても、掻《か》き乱《みだ》すような気持ちの乱高下は起こさないところまで成長した。

「ええ。ソウがここにいてくれるうちは、あたしの心は常に満たされているわ」

いなくなった後の事は、考えないようにしている。それを考えてしまうと、レイラは心安く毎日を過ごせない。それは、子供にとっても良い事ではないに違いない。

ソウが横にぴたりと付き添って、レイラは家路につく。しばらくしたら、また広場に戻ってあの主子を宿に案内しなければならない。それまでに、ソウの作ってくれる食事を頂き、また彼への愛を確認する。

※

思った通り、主子はあまり良い成果を得られなかったようで、レイラが広場に着いた時、そこには主子と護衛が佇《たたず》んでいるだけであった。

その場で見合いの結果が分かるわけではないので、振られたのだと主子は気付いていないのだろうが、女達との会話が上手く弾まなかったのか、機嫌が芳しくないように見えた。

通常、女達は男との会話を楽しみ、興味があれば、馬が合えば、ずっと話し込んでいるものだ。男に興味がない者は早々に帰っていく。その時点で、レイラには嫁ぐ意思のある者が分かるわけだが、システムを知らない主子が、それを知るはずもない。よほど話が弾まなかったのだろう。

宿に案内した先で、娶《めと》りたい女をレイラが聞く。それを女に伝え、嫁ぐ気があれば翌日帰る男に添わせて、一緒に送り出す。翌日まで女にその気があるかどうかは、男には伝えない。帰る間際になって、女を連れて帰れるかどうかを男は知るのだ。

翌日まで伝えないのは、うまくいかなかった場合の、男の機嫌を損ねるのを防ぐためである。帰る間際まで大人しくやきもきさせておけば、あとは送り出すだけだが、前日に成果がないことを知れば、自暴自棄になって暴れる輩《やから》がいる。一つしかない宿が、そうそう壊されたのでは堪《たま》らない。

レイラを見つけると、主子は口の端だけで小さく笑った。据わった目は笑っていない。

この主子は、うまくいかないことを感じている。誰もこの主子には嫁がないし、その子供を産む気もない。遥々《はるばる》供の命を減らし、危険な道中をやってきて、成果も得られずただ、大したおもてなしもない宿に泊まって帰る。それが、彼らのような人の上に立つ事を当たり前として生きてきた者達がどう思うのか、その憤懣《ふんまん》は想像するに易《やす》い。だが、伽羅の人権を踏《ふ》み躙《にじ》る行為だけは、見逃せないのだから仕方がない。彼に選ぶ権利があるように、伽羅の女にも当然その権利はあるのだ。それを彼らは、理解しようとしない。

レイラは背後を警戒しながら、宿へと案内する。

主子も黙って付いて来てはいるが、その沈黙が不気味だ。ソウの言葉を信じ、しかし主子への警戒の色を示して更に不快にさせないように、レイラは緊張感をもって、宿への道を進む。

ソウが、離れたところから付いて来てくれているはずだ。何かあれば、助けてくれる。何も心配する事はない。

宿に入り部屋へ通すと、レイラはいつも通り、心に決めた女性はいるか、と主子に尋ねた。

主子は上座で胡座《あぐら》をかき、供をその後ろから両脇、部屋の入り口までを取り囲むように配置してから、言う。

「誰でもいいです」

そういう答えも、ありだ。運命の恋をしたレイラに言わせれば、誰でもいいなどと適当な事がよく言えるものだとは思うが、本当に子供を切望するにあたり、贅沢《ぜいたく》は言っていられないという気持ちも分からなくもない。ただ、嫁ぐ意思のある女が一人もいなかった場合、そうと知られてしまう危険を孕《はら》んだ答えでもある。伴侶が得られないと分かった時その意味を知る事になり、最も傷つくのは主子という事になる。

「分かりました。嫁ぐ者がいれば、明日のご出立の際にご一緒させます。成立した場合のみ、お代をいただきます。何かご質問は」

「はあ？　今晩、その女をここに寄越してくれるのでは？」

「いいえ。子供は、国元へ戻ってから作っていただきます」

こういう勘違いをする者も、当然今までにもいた。システム自体は公言していないのだから、そう思った者を責めることは出来ないが、これほど露骨に嫌な顔をする者はそうはいない。

「国元へ連れて帰るのは、妊娠した場合だけでいいのですがね。伽羅とはいえ、確率が高いといっても、絶対というわけではないでしょう。出来もしない女を連れて帰っても、仕方がない。何人か試して、子を孕んだ者だけを連れ帰りたいのですが」

レイラは心の中で溜息《ためいき》を漏らす。やはり、こういう手合いはろくな男がいない。スムーズに何事もなく取引が進む事が殆《ほとん》どではあるが、こういった低俗な上流階級気取りの男もまた、多いという残念な事実はある。もう何人も、こういう男達の相手はしてきたが、いかんせん説得は得意ではない。最終的に力ずくでその日のうちに村から放り出した事も何度かあるが、今回はそれが出来ないのがつらい。

「一度で望みが叶《かな》う、かどうかは確かに伽羅とて分かりかねますが、何度か試せば妊娠しないということはない。同種族との婚姻以上の確率で子宝が望めるのです。一人を選び、連れ帰り、何度か試してからの苦情なら考える余地もなくはないですが、女達の人権のために、何人もあてがうわけにはいきません」

レイラは、ちらり、と出口を確認する。供が二人、部屋の入り口に立ちふさがっているため、簡単には出られそうにない。

「人権、ね」

主子は冷笑しながら独り言《ひとりご》ち、じっとレイラを舐《な》めるように見ている。気持ちの悪い目をする男だ。鳥肌が立つ。

「失礼を承知で言っておきますけど。村の女を襲っても無駄です」

「卵が凍結されてるんでしょう。その位は知ってます」

レイラは肩を竦める。それが分かっているなら、まさか非道な手に出ることはないだろう。

非道な手。レイラがソウにした事を自ら非道と喩《たと》える情けなさに気付いて、つい失笑が漏れる。後悔していないと事ある毎《ごと》に思ってきたが、心の奥底、レイラの根っこの部分に引っかかりはあるのだろう。だからなにかにつけ、思い出すのだ、自分の所行を。否、悪行を。

「なにか?」

失笑を見咎《みとが》められて、レイラは表情を引き締めた。

「それでは、これで。明日の朝、門の所で」

「ちょっと待って下さい。卵を凍結するも解除するも、貴女《あなた》の仕事なのでしょう? 当主」

「それが、なにか？」

早くこの場を去りたいレイラは、やきもきしながら答える。

「貴女をこの場で押さえつけてしまえば、子は望めますよね？」

レイラは、冷ややかに男を見遣《みや》る。背後の従者の動きが、俄然《がぜん》気になってくる。

「つまり、痛めつけてでも解除させて、このあたしに子を産ませようと？」

「痛めつけたくはないですが。第一希望は貴女なんですが、他の女の解除も貴女が行うとなれば、どちらにしろ貴女さえ押さえておけば、子供は望めるかと」

「生憎《あいにく》、他の男の子を身籠っているもので、あたしは現在妊娠出来ない体です」

レイラははっきりと告げる。これには少し驚いたようで、主子は目を丸くした。

「え？　本当に？」

「ええ」

「この村の男ですか？」

「それは貴方《あなた》には関係のないこと」

やはり、ろくな男ではない。伽羅の当主による凍結がなければ、この男は村の女を手籠めにしていただろう。こういう男がいたからこそ当主は生まれ、そしてその者は死の宿命を背負った。誰しもが誠実でさえあれば、レイラとて当主などにはならず、好きな男の子を、老いて死ぬまで育てられただろうに。

忌々しい目の前の男を、このままでは睨《にら》みつけてしまいそうなので、レイラはやはり、早々に退散を試みる。

「とにかく、明日をお待ちください。ここの規則には従っていただきます」

「まぁそう慌てず。酒でも付き合ってもらえませんか。女が来ると思っていたので、いないのなら暇で仕方がない」

「従者の方とどうぞ。酌など、伽羅は致しません」

不意に、がっと両肩を後ろから摑《つか》まれた。反射的に振り返ると、戸口にいた従者がレイラを威圧的に見下ろしている。

「どうか、主人の指示通りに。子が腹にいるなら、乱闘騒ぎは起こしたくないでしょう？」

「このあたしに、力ずくで酌をさせようというの？」

「そう深く考えず。主人は話し相手が欲しいだけです。こちらとて、伽羅の当主に手荒な真似《まね》はしたくありません」

レイラは唇を噛《か》む。瑪瑙地区を、主人を守りながら生き抜いた従者達と一戦交えるのは、レイラとしても当然避けたい。明らかに子に障る行為だ。

(冗談が冗談じゃなくなってきたわね)

　レイラはソウとのやり取りを思い出しながら、どうこの場を乗り切るかを必死で考える。いざとなればソウが助けてくれると信じてはいるが、万が一大立ち回りを演じる羽目になった場合、この傭兵《ようへい》達と戦うソウもまた、無傷で済むとは思えない。

（だから代わると言ったのになんて怒られないように、ここはなんとか、あたしが）

　目の前の主子に常識は通用しなかったようだが、暴力で全てを解決しようなどという手段に出ないよう、なんとかその一線だけは堪《こら》えたい。

　猪口《ちょこ》を掲げて笑う主子に、レイラは歯を食いしばる。

　なんとか大事は避けたいが、目の前の男に近寄って行くのも真っ平ごめんだ。何をされるか分かったものではない。

「話し相手なら、年寄りを呼びましょうか？　伽羅の年寄りはおしゃべりですから」

「貴女と話したいのです、当主」

　主子は、ぽんぽんと、自分の横の席を叩《たた》いて、ここに座れと示す。

　どう乗り切るか。いつもならば、後ろの従者など蹴散らしてでも退散するだろう。自他問わず多少の怪我《けが》など知った事ではない。しかし、今のレイラに猛者《もさ》と対峙《たいじ》するだけの動きは厳禁だ。走ることさえ控えているというのに、戦うなど子供を殺しかねない。

　だからと言って、男と話す気もない。だが、どちらかを取らねばならないなら、後者しかない。ソウの子供は、何があっても守らなければならないのだ。

屈服したようで癪《しゃく》だ。レイラはささやかな抵抗として、男の側には行かずに、その場に座った。

不満そうではあったが、仕方なくレイラの妥協を受け入れ、主子は酒を勧めてくる。それを断ると、男はそのまま自分で飲み干した。

「貴女のような女性が選んだ男とは。とても興味がありますね」

「それはそれは良い男です」

背後にはまだ、ぴったりと従者の気配がある。レイラの動きを封じる思惑か、戸口まで戻ることなく圧力をかけてくる。

レイラが具体的な事を何も言わないせいか、主子は食い下がる。

「紹介して下さい。いるんでしょう？　この村に」

「出来ません」

レイラは言葉と共に、思わず溜息をついた。話したくもない相手と仕方なく話す事が、これ程苦痛だとは思わなかった。

早くソウに会いたい。

そんな気持ちを汲《く》んだのか、精神的ストレスを感じ取ったのか、お腹《なか》が急にどくん、と疼《うず》いた。レイラは咄嗟《とっさ》に腹を押さえたが、立て続けに疼く。止まらない。

これは、良くない。そんな気がする。

レイラの様子を見てか、主子が声をかけてくる。それに対して生返事をしながら退出を請うと、主子が小さく目配せをした。レイラにではない。レイラの背後の男に、だ。

一瞬反応が遅れたレイラの首を絞めるように、太い腕が首に絡まってくる。反対の手にいつの間にか握られていた短刀は、ぴたりとレイラの腹に当てられて、あっという間に身動きがとれなくなった。

「な、なにを」

「子が大事なら、どうぞこちらへ。誰か、宿の者、誰か！」

主子の言葉と、レイラを拘束する男に促されるままに、レイラは部屋の奥の隅へと連れて行かれる。戸口が見えるように座らされ、身動きがとれないままに、主子が宿の主人を呼びつけるのを見ている他ない。

直《じき》にやって来た宿の若き女主人は、レイラが拘束されているのを見て狼狽《うろた》えながら、戸口で困り顔を浮かべた。丁度代替わりしたばかりの彼女に一抹の同情を覚えながらも、正直レイラも人の事に構っている余裕はない。

「な、なんでしょう？」

「俺の子を産む女を、今からここに連れてこい」

「は？」

「直《す》ぐにだ。早く連れてこい！」

宿の主人は飛び上がって驚いたが、レイラの様子から何かを察したのか、慌てて退出して行った。

レイラはお腹に神経を集中させる。

とにかく落ち着いて、心を落ち着けて、子供の疼きを止めなければ。起こっている事態について考えるのは、ソウを呼ぶ算段をするのは、それからだ。

※

しばらくすると、なんとかお腹の疼きは収まってきた。だが、油断は出来ない。心を穏やかに保たなければまた、子供は疼きという形で悲鳴を上げるだろう。

レイラは現状を、頭の中で整理する。

とにかくレイラは動けない。主子の要求は、自分の子を産む女を連れてこい、というもの。明日まで待てないという事なのだろうが、レイラとてまだ村の女達から希望報告を受ける前なのだ。レイラが知らぬ事を、宿の主人に対応出来るとは思えない。

そもそもとして、おそらくこの男に嫁ぎたいという女はいそうにない。長年広場で相手を探す女達を見ていた経験から言えば、この男には伽羅との縁がなかった。

宿の主人は、所望の女を連れては帰れない。それならば、レイラは自分で自分の身を守らなければならない。なんとかして、ここから脱出しなければ。

（ソウは、控えていると言ってくれていたけど、どこに）

宿に入って来てはいないと思うが、おそらくは宿の外にはいてくれると期待する。宿から飛び出してきた女主人を見て、何か行動を起こしてくれるだろうか。

「仲介をするのは、あたしの役目。あの人に頼んだところで、相手は見つからないと思うわよ」

「当主の子の命が惜しければ、何がなんでも連れてくるさ」

レイラが言葉を崩すと、途端に主子もそれに倣った。最早《もはや》お互い、上辺だけの探り合いはする気がない、と捉えていい。

当主を刃物で脅しているのだ。伽羅族の反感をかっても、子供さえ手に入れば二度と関わり合いになるつもりもないのだろう。それほどに大それた、思い切った行動に出たものだ。

「伽羅は二度と力には屈しない。それが、今の伽羅の矜持《きょうじ》だ。望まぬ妊娠など、誰も名乗り出ないだろう」

「どうかな」

男は余裕のある微笑を浮かべ、レイラを見遣る。

「本当に惜しい。貴女が身籠ってさえいなければ」

「身籠ってなければ、既にその横っ面、叩きのめしてる」

主子は茶化すように肩を竦《すく》めて見せ、ゆっくりとレイラに近寄り、従者の手の上から刃物を握る。お腹に、少し圧力を感じた。

「横っ面叩きのめすのを我慢してまで守りたい子だろ。失いたくなければ、言う通りにすることだ」

びりっ、とお腹に痛みが走った。反射的に前屈《まえかが》みになりそうになったが、動くと刃物が刺さる。レイラは息を詰めて全身に力を込め、なんとか体の反動を鎮めた。

レイラが苦しそうである事に気付いたのか、男は握り締めた刃物から手を離す。それでも従者がぴたりと腹に当てているが、圧迫感は引いた。

「女が来る事を祈るんだな。そしてその女の凍結を解きさえすれば、貴女の子は助かる」

「貴方の子を本当に産みたいという女が来るなら、そうしましょう」

いるはずがない。

いつまで待とうと、来るはずがない。そんなレイラの思惑を裏切るように、一時間ほどして、戸口から声がかかった。

「あの、お探しの者を連れてきました」

おずおずと、宿の主人が顔を出す。

主子は嬉《うれ》しそうに笑み、レイラは目を丸くする。開いた口が塞がらないレイラの目の前に、戸口から人影が現れる。

「ケイ!?」

「何やってんの、当主」

呆《あき》れた顔でレイラを見下ろしているのは、間違いなくレイラの悪友である、ケイだ。女主人はやはり、自身ではどうすべきか判断が出来なかったのだろう。次の当主への中継ぎにあたるケイに泣きついたに違いない。

「お前か。俺の子を産むのは」

「ええ。当主を放すんでしょ？」

じろじろとケイを見ていた主子は、にたりと笑う。

「ああ。子が出来ればな」

「経産婦だけど。いいんでしょ？　子供が産めれば」

「問題ない。おい、部屋を用意しろ」

さっさと別室に移ろうとする主子を遮って、レイラは叫ぶ。

「ちょ、ちょっと待った！　あんた、広場にいなかったじゃないの！　興味なかったんでしょ！」

「行かなかったけど。別にいいでしょ、玉《たま》の輿《こし》なんだから」

ケイは、確かに常々玉の輿を狙っていた。しかし、彼女は広場には顔を出さなかった。

前情報だけで、興味を示さなかった証拠だ。それを今更、話に乗っかってくるはずがない。

「やめなさい。そんな事をしたって、あたしは恩を受けたなんて思わないわよ！」

「別に恩を売る気はないし。子供を産めば、その子は将来主子となるかもしれない。玉の輿の機会に乗っただけ。ま、助けられたと思うなら、恩を売ったことにしてあげてもいいわよ、当主」

にたにたと笑いながら、いつもの調子でレイラを見ているケイを、レイラは睨《にら》みつける事で緩んだ涙腺を叱咤《しった》する。

「卵は、凍結するわ。だから止めなさい」

「本人の希望を無視して凍結は、規律違反でしょ。当主」

それはそうだが、明らかにケイはレイラのために犠牲になろうとしている。確かに玉の輿を狙ってはいるが、彼女は男を選ぶほうだ。実は自分が認めた男以外には体を許さないことを、レイラは知っている。

「あんたはその子を産んでやりなよ、当主。母親にしか、その子は守れない」

だが、ケイを犠牲には出来ない。産まれてきたこの子に、なんと言えというのか。この子に、少しの罪悪感も与えたくはない。ただでさえ、母親の命と引き換えに産まれてくるのだ。それ以上、この子には一切の重荷を背負わせる事は出来ない。

「ソウ、ソウ助けて！」

なりふり構っていられなくなったレイラは叫ぶ。そう遠くないところに、いてくれるはずだ。レイラが部屋から出てくるのを、宿から出てくるのを、待っていてくれているはずだ。

レイラには、子供を諦めることも、ケイを犠牲にすることも出来ない。だから。

「ソウ、ケイを止めて。この子を、助けて」

主子が、怪訝《けげん》そうに眉を寄せて、レイラを見下ろしている。その手がケイを連れ去ろうと、彼女の肩にかかる。自分の肩に触れられたわけでもないのに、悪寒がした。

諦めろ、と背後の従者が申し訳なさそうに小声で告げる。諦めることなど、出来るはずもない。

ソウならば、きっとなんとかしてくれる。出来ないことなどないのだ。レイラの見込んだ男なら、レイラが惚《ほ》れ込んだ男なら、きっと。

「ソウ！」

「そう何度も呼ばなくとも、聞こえています」

ぬっ、と戸口からソウが姿を見せた。部屋を出ようとしていた主子、それにケイと、鉢合わせになる。

「ソウ！」

「少々、楽観視しすぎたようですね」

ソウはいつもと変わらぬ呆れ顔でレイラを見遣《みや》り、従者達の配置を確認するようにぐるりと部屋を見回すと、最後に主子とケイに視線を投げる。

「旦那さん」

「貴女《あなた》が犠牲になることではありません。主子様におかれましては、私を覚えてはおられませんか？　何年か前に、お会いした事が」

「なに？」

主子は急に言葉を投げかけられ、不審そうに目を細めて、ソウの顔を凝視している。

「さあな。悪いが男の顔など一々覚えてはいない」

「そうですか。そこの伽羅族当主は、私の子を身籠っているのですが、解放していただく事は出来ませんか？」

「なに⁉　お前の？」

今度は驚愕《きょうがく》の目で、ソウを見る。ついでレイラにも視線を寄越し、双方を食い入るように見比べている。

レイラが否定しない事で、なんとか真実と受け取ったようで、主子は苦く笑いながら続けた。

「まさか若い男がお好みとはな。悪いが、当主にはもう少しあのままでいていただかないと。この女の気が変わっても困る」

ケイが好んでここに来たわけではない事は、今までの会話から流石《さすが》に分かっているらしい。ケイを逃さないために、レイラを人質に使うつもりなのだろう。やはり、子供さえ産むなら、誰でもいいというわけだ。だが、そんな愛のない行為は、今のレイラには容認できない。

「主子様は、本当ならば当主をご所望では？」

「なに？」

「私と勝負を致しませんか。私が勝てば、此度《こたび》の伽羅とのご縁は諦めて頂きます。私が負ければ、当主を貴方《あなた》に差し出しましょう」

「旦那さん!?」

あまりのことに言葉を失ったレイラに変わり、ケイが目を剝《む》いた。そんな怒号にも似たケイの言葉を無視し、ソウは真《ま》っ直《す》ぐに主子だけを見て続ける。

「あの当主は本来、瑪瑙の獣をも捩伏《ねじふ》せられるほどの手練《てだ》れである上、性格は荒く攻撃的です。では何故《なぜ》ああして大人しくしているのか、それは腹の子のためですが、今貴方が連れて行こうとしているケイは、彼女の親しい友人です。彼女が貴方に連れていかれては、腹を裂かれなくとも、子は産まれない。今の彼女は、精神に受けた害すらも子供を危うくする不安定な状態にあります。つまり、親友を売ったとあっては、結局精神に負った傷が原因となり、子は流れてしまうのです」

ソウはいったん言葉を切り、主子の反応を確認する。理解しているかはともかく、黙って聞いている主子に、彼は続けた。

「では、子を失い、親友を売った彼女は、どうするでしょう。きっと、強獣を狩るが如《ごと》く、貴方に復讐《ふくしゅう》するでしょう。当然です、失うものなどもうないのですから。それでは貴方が命を拾うには、これからどうすべきでしょうか。その女性と当主を解放する他ありません」

ぎりっと歯軋《はぎし》りをしたところをみるに、主子は一応ソウの話を理解しているようであった。子が流れた瞬間、レイラにとって恐れる事は何もなくなる。最悪の事態が万一起こってしまった場合、目の前の男を果たして殺さずにいられるか、おそらくは否、だ。

彼の暴挙は、レイラが身籠っているが故に、「戦えない」という事を前提にされている。子供が流れるという事は、レイラが魔人の如く激昂し、拳を揮《ふる》えるようになるという事であり、屈強なる供も含め、ここにいる全員を叩《たた》きのめす自信ははっきり言って、ある。

「まぁあとは、自分の命を守るために、今ここで当主を殺しておくという考えもあるにはありますが」

ソウはちらりとも視線を動かさない。じっと主子を見上げたまま、表情の変化を確認するように続けた。

「当主を殺して、この村から無事に出られるとは、流石にそこまで楽観的に考えてはおられないでしょう？　ここは氷国預かり、氷国王によって庇護《ひご》されし伽羅村です。伽羅と一戦交えて、氷国に喧嘩《けんか》を売るお心算《こころづもり》がおありならまだしも、まさか王に敵《かな》うなどと、賢明なる主子様におかれましては、努努《ゆめゆめ》お考えにはなりませんよね？」

　にっこりと笑って念押しするソウは、レイラにとっては最強の笑顔を披露するが、主子にとっては喧嘩を売っているようにしか見えなかろうと推察するに余りある。

「こうなってしまった以上、今更二人を解放すべきだと気付いたところで易々《やすやす》と手放しにくい事とご推察申し上げます。ですから、提案です。私と勝負を致しませんか？」

　更ににこり、と愛らしく笑んで決定打を打ち込むソウに気圧《けお》されて、誰も口を開かない。

　ケイはぽかんと弾丸のようにしゃべるソウを見つめ、主子は眉根に深い皺《しわ》を刻んで唇を震わせている。レイラはソウの形の良い唇から紡ぎ出される言葉に聞き入り、見惚《みと》れ、内容はあまり頭に入ってこなかった。

「……当主を、差し出すとは？」

　主子は、ケイの肩から手を下ろし、ソウに問う。

　伽羅の当主が瑪瑙の獣を物ともしないというのは、昨今では有名な話だ。当主が瑪瑙地区へ迎えに出るようになって、それは急激に広まっていった。それを知ってか知らずか、子が流れるような事態になれば、レイラに殺される可能性に至れるだけの脳みそは詰まっているようで、主子といえども命は惜しいらしい。ここは、所詮彼らにとってアウェイ、よその国なのだ。まかり間違って国の介入する事態となって立場が悪くなるのは、どう考えても彼らの方だ。考えているということは、交渉の余地がある。

「言葉通りの意味です。私が責任を持って説得し、貴方に嫁がせます」

「そんなことが出来るのか」

「ええ」

ちらり、とソウはレイラに視線だけを向ける。不意な流し目に意識を失いそうになるレイラの前で、彼はこれ以上ないほど綺麗《きれい》な微笑《ほほえ》みを浮かべ、不敵に言った。

「あの人は、心の底から私を愛しているらしいので。私の頼みは、断りませんよねぇ、と色っぽく微笑まれて、レイラは意識が吹っ飛びそうになる。

その通り。

レイラは鼻血が出そうになるのを必死で堪《こら》え、心の中でのたうち回った。

※

主子は、勝負を受ける、と最後には苦々しく言った。解放されたケイは、はらはらしながら、ソウに小声で何かを言っているようだが、生憎《あいにく》レイラには聞こえない。焦った様子で、食ってかかっているように見えるが、ソウは微笑でそれを躱《かわ》している。

「当主さん、あれは本当に子供の父親で？」

ケイとソウが話しているのを遠巻きに見ながら、主子が席に戻ってきた。忌々しそうに酒を呑《の》みながら、問うてくる。

「ええ」

「伽羅じゃないでしょう。何者で？」

「知らないわ」

「素性も知らぬ男に抱かれた、ということはないでしょう？　貴女ほどの女が」

「素性も知らぬ男を、抱いたのよ」

鼻で笑って揶揄《からか》ってやると、主子は目を丸くして、くく、と喉の奥で笑う。

「それはそれは。私も是非お相手願いたい。勝負に勝てば、叶《かな》うのでしょう？」

今度はレイラが笑う。

「あの男に勝てるなら、喜んで」

「惚れ込んでますね。確かに、只者《ただもの》ではないようだ。どこかで見たことがあるような気もするが、さて」

主子はしばらくソウを見つめていたが、不意に手酌を止め、何かを思いついたように笑う。

未《いま》だにケイが食ってかかっているようだが、ソウの気は既にこちらにあるようで、じっと主子の様子を見ている。

「それで、勝負の内容は？」

主子が声をかけると、ケイが一応黙る。

「勝負を言い出したのは私ですから、主子様が決めて頂いても構いません」

「もう決めている。酒で、勝負。潰れた方の負けだ」

間髪を容《い》れず応じた主子の言葉に、我知らずレイラの口から悲鳴が漏れた。

ソウは驚いた様子もなく、無表情を貫いている。彼の事だ、嗜《たしな》んだ事こそあるように思うが、所詮呑《の》んだことがある程度だろうと推察する。なぜならば、彼は従者の立場だ。主人に日々仕える身で、いつ酒を呑むのか。主子のように良い酒を毎日浴びるように呑んでいる者と、勝負になろうはずがない。真面目なソウが、主人の傍らで酒など呑むはずがないのだから。

ソウは、レイラと子を守ろうとしてくれるだろう。万一勝負が拮抗し、限界を超えて呑むような状況になってしまった場合、彼の身に危険が及ぶ。断じてこの勝負、見逃すことはできない。

レイラが反対の声を上げる。ケイも、直ぐに助け舟を出してくれた。

「年功を笠《かさ》に着た経験値の勝負とは、あまりに大人気ないでしょう！」

「言い出したのはそちらだ」

「だからって、最低限の配慮があるでしょう!?」

「何も呑めぬ赤子に勝負を申し出ているわけではなかろう。幾つなんだか知らないが、酒が呑めぬ年ではないと見受けるが？」

「十八です」

ソウが答えると、主子はにやにやと笑う。

「お前の種族では、呑めぬ年か？」

「……いえ」

「馬鹿正直に答えるんじゃないわよ、旦那さん！」

「呑める年と、浴びる程呑んでいい年は違うでしょ！」

レイラとケイがどれだけ詰《なじ》っても、主子は飄々《ひょうひょう》と酒瓶を指で弄んでいる。その顔には笑みさえ浮かび、馬の耳に念仏だ。

「外野は黙っていて欲しいものだ。受けるか、受けないのか」

主子は、レイラとケイを無視し、真っ直ぐにソウだけを見て言う。当の本人は、黙って成り行きを見守っていたが、目を伏せながらようやく口を開いた。

「どちらかが呑み潰《つぶ》れるまで、の勝負ですね」

「ああ」

「他に、なにか決まりはありますか」

主子は考える素振りを見せ、ない、とはっきりと答えた。

「同じ酒を同じ量ずつ呑んでいき、潰れた方の負け。これだけだ」

「主子様は、既にお酒を召し上がっているようですが。それでは公平な勝負とは言えないのでは？」

「さほど呑んでいないから、問題ない」

「そういうわけには。負けた時の言い訳にされても困りますので」

目に見えて、主子は苛立《いらだ》ちを露《あら》わにした。その眉間に刻まれた深い皺を見ながら、レイラは狼狽《うろた》える。わざと煽《あお》っているのか、それともよほど自信があるのだろうか。挑発して、この勝負を変更させる術でもあるというのか、ソウの考えている事が分からず、ただ心が痺《しび》れるように緊張する。

「ではこうしよう。私が既に呑んでいる分の代わりと言ってはなんだが、今後、酒で勝負を挑んだ事を中傷するのはやめてもらおうか。そこの女共を、黙らせろ」

「分かりました。二度と言わせません。主子様も、後々既に深酒をしていた、などと言い訳をなさらないで下さい。又、酔い任せに話をなかった事に、記憶にない、などと誤魔化すのもやめて頂きます」

「自信過剰な。後悔するぞ」

酒を持て、と主子は叫ぶ。ソウは前に進み出て、卓を挟んで主子と向かい合った。距離にしてレイラも近く、斜め前に愛《いと》しい男がいる事になるが、ソウはちらりともこちらを見ず、主子と睨《にら》み合《あ》って火花を散らしている。と言っても、ソウは微笑を漏らしており、今にも襲いかからんばかりに睨みつけているのは主子だけだ。

自信がある、と思っていても良いのだろうか。呑んでいる姿を見たことがないので、冷や冷やさせられる。ソウが負ければ、レイラは身売りする羽目になる。子供は最早《もはや》、絶望的だろう。

レイラは生唾を飲み込み、大きく深呼吸をする。

大丈夫だ。ソウは決して、子供を危険な目に遭わせるような事はしない。何か考えが、必ずある。それを、レイラは信じるだけだ。

酒が運ばれてくる。

呑み勝負をする事を聞いてきたのだろう。宿の主人は、酒を樽《たる》で持ってきた。酒はザンザス。狩猟区の木に生《な》る実から造り、伽羅には親しまれた酒だが、一般的には度数が高い。それを親指ほどの器に波々と注いで呑む。

伽羅では、十五になる年に、このザンザスを呑んで成長を祝う。初めて呑む酒に、大抵の十五歳がたった一杯で大人の洗礼を受ける。すなわち、酔い潰れる。

樽で準備などしなくても、勝負はこの樽の酒が尽きるまでには至らないだろう。どれだけ強かろうと、これだけ呑んでは中毒死が危ぶまれる量だ。

器をそれぞれ手に、樽に手を突っ込んで各々が掬《すく》う。波々と注がれたのを確認し合ってから、口に運ぶ。主子は躊躇《ためら》いなく口に運び、まず一杯を飲み干した。一方のソウは、まずニオイを嗅いだ。おそらく呑んだ事がない酒なのだろう、ふーん、と首を傾《かし》げながら味を吟味するように一杯、くっと一気に飲み干した。

たん、と空の器を相手に見せるように机に置く仕草が、妙に大人びて見えた。

「ほう。いい呑みっぷりだな。ザンザスは初めてか」

ソウは眉根を顰《ひそ》め、軽く舌を出す。

「不味《まず》いですね」

「強いだけの酒だからな。……酒の味は分かるらしい」

ソウは喉ごしが悪いのか、何度も唾を飲み込んでいるように見える。美味《うま》い不味いの話ではなく、酔いの方が怖いのだが、今のところソウに酩酊《めいてい》の気配はない。弱い者は、まず顔が赤くなる、目が虚《うつ》ろになるなどの症状が出るが、それもない。水を一口飲んだ、といった様子に、レイラは胸を撫《な》で下《お》ろす。もしかすると、本当に強いのかもしれない。

次の酒が酌まれ、今度は一緒に呑み干した。たんっ、と同時に机が鳴る。どちらが言い出すでもなく、同時に酒を酌み、同時に呑む。それが、十回ほど続いただろうか、ケイもソウが酒に強いとは思っていなかったようで、目を丸くして様子を見守っている。宿の主人も気になるのだろう、こっそりとこちらを窺《うかが》っていた。

固唾を呑んで静寂を守る面々の前で、十三杯目の酒が二人の口へと消えた。

ソウは完全な無表情で、様子が分からない。最初に比べると目が据わっているようにも見えるが、はっきりと読み取ることが難しい。一方の主子はにやにやと笑いながら、その頬を少し赤くしている。

「強いな。名を名乗れ」

「ソウ、と申しますが」

二人ともまだ呂律《ろれつ》も確かだ。勝負は、十四杯目に持ち込まれる。

「どこで見たんだったかな、言われてみれば確かに、前にも見たことがある気はするが」

くっ、と十四杯目が消える。

「確か、三年ほど前にお会いしたことが」

「ほう。どこか出先で会ったのか。ん？　それともうちの城の中か？」

ソウは答えない。代わりに、十五杯目を注ぐ。

「待て待て、うちの城の中となると、まさか来賓か？　そんな風には見えんが」

ぶつぶつと独《ひと》り言《ご》ちながら、主子も酒を酌む。饒舌《じょうぜつ》になっているあたり、確実に酒は回っているようだが、まだ余裕がある。

ザンザスは、レイラでも最高三十杯で限界に達した酒だ。酒豪の多い伽羅族にあって、その最高記録は四十二杯だと言われている。レイラもかなり強い方だが、目の前の勝負はいよいよ、その三十杯を迎えようとしていた。

がしゃん、と器が割れる音がした。ソウの器が、床に飛散している。

「すみません、手が滑って。代わりの器をお願いできますか」

宿の主人が慌てて新しい器を取りに走る。微《かす》かだが指先が揺れているところを見ると、ソウはかなり回って来ているようだった。顔色一つ変わらないので分かりにくいが、三十杯だ。レイラはそれで完全に潰れた。

一方の主子も、目が完全に据わっている。頬が真っ赤で、先程から少しずつ呂律が怪しくなってきている。

「命まで、奪う気は、ないぞ。諦めるなら、そろそろ、止めたらどーだ？」

「いえ。まだ大丈夫です。主子様こそ、かなり呂律が怪しいのでは？　失態を晒《さら》す事のなきよう」

「ほざけー」

主子はくすくす笑いながら、三十杯目を呑《の》み干した。気分が良いのか、悪態を聞き流して楽しげに笑っている。

会話が出来ている時点で、まだ余裕は残っているのだろうが、そろそろ二人共怪しくなってきた。新しく運ばれてきた器を手にしたソウの手は、やはり微かに震えていた。

顔色を変えない事が怖い。ソウは、元々あんなに白い顔をしていただろうか。そういえば、青白い気がする。かなり無理をしているのではないのか、レイラは不安になる。ソウが負ければ、レイラは身を売り、子は死ぬだろう。しかし、このまま続けさせてはソウが危険なのではないだろうか。まだ、子供だ。どんなに大人びていようとも、体は子供なのだ。

「ソ、ソウ。大丈夫？」

ソウの命も、子の命も、選ぶ事など出来ない。ただソウを、案じる事しか出来ない。少し前のレイラなら、確実にソウの命を選んだ。だが、今のレイラには子の命も捨てる事は出来ない。レイラが子の事を考えると、それに呼応するように腹が疼《うず》くのだ。生きているのだ。彼とレイラの、たった一つの繋《つな》がりなのだ。

ソウは、その無表情を崩して、優しく笑う。

「ええ。言ったでしょう。私は必ず、最善を尽くしてその子を守ってみせます」

ソウは、勢いよく三十杯目を呑み干した。

※

勝負がついたのは、三十四杯目だった。

だらだらと、管を巻きながらもなんとか呑んでいた主子が、唐突に落ちた。

三十四杯目を呑み干せずに机に突っ伏して、寝始めてしまったのである。そして、ソウはその三十四杯目を呑みきった。

「私の勝ちですね」

たん、とソウが机に置いた空の器を確認し、レイラを捕らえていた従者が、その手を緩めた。するり、と抜け出して、レイラはそのままソウに飛びつく。

その細い首に手を回すと、体が微かに揺れていた。否、震えているのはレイラだろうか、涙が止まらない。

「怖かった。大丈夫なの、ソウ。苦しくない？」

「大丈夫ですよ。ここまで弱くなってるとは、思っていなかったので、少し焦りましたが」

ソウは可笑《おか》しそうに、自分の震える指先を見ている。やはり、無理はしていたのだ。

「気分が悪いとかは？」

「大丈夫です。まだいけますよ」

確かに、笑顔に無理はなく、呂律も確かだ。脚も震えていない。

「どうしてそんなに強いの。あたしでも、三十が限界だったのに」

「ああ。レイラは強そうですからね。お酒については、普段から鍛えているのでそもそも自信がありまして。ですが、お相手もお強い事は存じ上げておりましたから、他の勝負にしてもらえるならその方が良かったのですが、まあ、なんとかなるかと」

「そうなの？」

「ええ、以前お会いした時も酒の席でしたので」

「本当に、なんでも出来るのね。感心したわ」

ケイが、拍手をしながら感嘆の言葉を漏らした。こちらに近寄って来て、にこりと笑うソウを尊敬にも似た眼差《まなざ》しで見ている。

「無理だ無理だと喚《わめ》き立《た》てて、悪かったわ」

「いえ。普通の反応ですから、お気になさらず。レイラと子供を守ろうとして下さって、感謝します」

殊勝に頭を下げてみせたソウの言葉を受けて、レイラは思い出したようにケイを見た。

「そうよ！　ケイ、あんたなんて事するところだったの！　止めろって言ったでしょ！　ソウが来なかったらどうなっていたことか！」

「うるさいわね！　そもそもなに捕まってんのよ。当主が情けないと、舐《な》められるでしょ!?」

レイラは口を開いて文句を吐きかけ、なんとか言葉を飲み込んだ。言いたい事はあるが、そもそもはレイラが捕まらなければ、こんな騒ぎになる事もなかった。それは事実だ。悔しいが、助けようとしてくれた事だって、分かっている。

「おお、素直。律儀にあんたがしなくても、案内くらい代わってあげるわよ。誰だって出来るわ。危ないと思ったら休みなさいよ。誰かに頼みなさいよ。それで迷惑かけてたんじゃ、本末転倒だわ」

「くっ……わ、悪かったわよ」

「くっ……」

今日ばかりはぐうの音も出ない。レイラとしては一応、当主相手の方が無茶はせぬだろうという思惑があったのだが、主子の「非常識ぶり」はレイラの想定を超えて来た。結果だけをみればレイラは読み違えたのであるし、ソウに助けて欲しいなどという甘い希望を僅かでも抱いてしまったが故に、甘く見て判断を誤ったという自覚もある。

言葉のないレイラを見て、ケイは優越感に浸る。かつてこれ程までに勝ち誇った顔のケイを見た事があるだろうか、しばらく夢に見そうだ。

ソウは、しがみついたままのレイラの体を押し戻して退け、酔い潰れた主子に近寄る。置物のように佇《たたず》んでいた従者達が、主子を抱えて横にしようとしているのを手伝いながら、酔い潰れた男の顔色を窺う。

「こちらも、ただ酔い潰れているだけのようですね」

「かたじけない」

先程までレイラを押さえつけていた男は、主子が気を失っているのを再度確認し、深く頭を下げた。

「いえ。お立場お察しします。酒乱でなくて助かりました」

確かに、寝てくれたから良《い》いようなものの、酒癖が悪ければ大変な事になるところであった。この調子なら、気分良く寝てくれている間に日が変わり、伽羅の村を離れることになるだろう。

「なんの立場よ」

ケイがじろりと従者を睨めつけたが、それにはソウが応じる。

「まあまあ。傭兵《ようへい》さんというのは、主人に仕え命令を忠実に遂行する事でお金をもらって生活しているのです。察して差し上げて下さい」

「物分かりが良すぎない!? 旦那さん！」

ケイが吠《ほ》え、ソウが諭し、従者なる傭兵は益々《ますます》頭を低くする。従者達のリーダーなのか、レイラを押さえ込んでいた男が低姿勢になると、他の従者達も無言のまま丁重に頭を下げた。悪い人間達ではないのかもしれないが、レイラの大切な子供に刃物を向けた恨みは忘れない。

「し、しかしお強い。主人は酒にはかなり自信がある方ですが」

従者はケイに責められてばつが悪くなったのか、ひたすらに頭を低くしながら助け船を期待してか、話題の転換を期待してか、無理やり会話を戻そうとソウに言葉を投げる。

「存じ上げてます。既に四、五杯、召し上がっていてくれて助かりました」

そうだった。しかし、それは最初に確認した。主子とて、まさかこれほど年若いソウが呑めるとは夢にも思わなかったはずだ。現に、最初に呑んだ分を含めれば、伽羅の最高記録に匹敵する程呑んでいる。この主子とて十分な強さだ。

「お戯れを。貴方《あなた》は、まだまだ余裕があったでしょうに」

従者は苦く笑う。

「実は私も限界を知らないもので、なんとも。ですが、限界が来ても負けなかったでしょうね。勝負の行末に、背負っているものの大きさが違いました」

ちらり、とレイラの腹を見たソウに、くらり、と脳が揺れる。まずい、蕩《とろ》けて消えそうだ。顔がにやけて仕方がない。

「流し目は駄目でしょ、流し目は」

「それは同感」

独り言ちるレイラに、ぼそりとケイが相槌《あいづち》を寄越す。

憎らしくて堪《たま》らなかった従者と親しげに話すソウをうっとりと見つめるレイラに、ぽんと肩を叩《たた》くようにしてケイは続けた。

「あんた、いい男捕まえたよ」

「でしょう」

「本当に。正直、命を懸ける意味って分からなかったけどさ。楽しむだけでいいじゃんって、思ってたけどさ。あんたが子を望んだ理由、なんとなく分かった気がするわ」

レイラはケイを見遣《みや》る。その目は、真《ま》っ直《す》ぐにソウを見ている。

「伽羅の女の本能よね。強い男の種を、次の世に残したいっていう。それが自分の種と重なって、その強い子に自分の血が混じる。自分の生きた証《あかし》が、誰からも持《も》て囃《はや》されるような素晴らしい種となる。その種を蒔《ま》いたのが自分だなんて、こんなに誇らしい事は、ないかもしれないわね」

ソウも従者という立場のせいか、主子の従者達とすっかり話が弾んでいるように見える。足元に転がる主子を挟んで、言葉を知らないのかと思われた残りの従者達も交え、とうとう楽しそうに談笑を始めた姿を見ながら、レイラはお腹《なか》に手を当てる。

「あんたが凍結せずに、子供をぼかすか産んできた理由、あたしもなんとなく、分かった気がするわ。びびっときちゃったんでしょ。本能ってやつが」

ケイはふっと笑う。

「あんた、今日はやけに語るじゃない」

「あんたこそ」

「ま、あんたと一緒にされたくないけど。なんてったって初対面で、」

「この流れでその話蒸し返す!?　今いい話してたでしょ!?」

レイラは最後まで言わせまいと、ケイの言葉を遮る。その話はもう沢山だ。ケイが側にいて、ソウが側にいて、子供が無事に育っている。こんなに幸せな事が、あるのだろうか。ソウの弾んだ声がする。ケイの笑う声が聞こえる。

幸せだ。

レイラはこんなにも、幸せだ。

「ソウ……」

レイラは立ち上がろうとして、急な激痛に襲われた。びりっ、と腹に電流が走るような痛みがあり、次いで、ぎりぎりと刺すような痛みの波が来る。よろけたレイラを、気付いたソウが支えた。なんとか転ばずに済んだが、その腕にしがみついたまま、ずるりと足の力が抜けて、床にへたり込む。

「レイラ？　どうしました、レイラ」

ソウの声が遠い。耳鳴りが酷《ひど》くて、聞こえにくい。

「お、なかが、痛……」

背中を丸めていくレイラを、ソウが抱き上げた。どこにそんな力が、といつも思うが、今のレイラにはソウの腕に抱かれている喜びを感じる暇はない。

これは、いけない。

ずっと神経を張り詰めていたせいなのだろうか、腹の子が悲鳴を上げている。この痛みは、まずい。

「産婆さんのところへ、案内して下さい」

「こっちよ」

ケイに先導されて、ソウが走り出す。あまり揺れないように、細心の注意を払ってくれているのが分かる。ソウの胸から伝わる熱が温かい。肩を抱える手が頼もしく、心配そうに声をかけてくれる。

レイラは気を紛らわせようと、あらゆる別の事を考える。痛みに負けてはならない。気を失っている場合でもない。ソウを見上げ、レイラを見下ろしてくれる顔を、その表情を、その唇から漏れる言葉を、必死に見る。必死に聞こうとする。

だが、動悸《どうき》が煩《うる》さ過ぎて、聞こえない。目が霞《かす》んで、よく見えない。こんなに近くに、いるのに。

「子を、子、を、助け、」

レイラには、そこからの記憶がない。

※

レイラが次に目を開けた今日は、いつなのだろう。

体が重く、思うように動かない。かなり長い時間が経《た》っているような気がする。頭が働き始めると、体が動かないのは空腹のせいだと気付いた。自分が何をしていたのか、思い出すにも時間がかかった。

「十日よ」

不意にかけられた声に目線だけで反応すると、そこには悲しげに微笑《ほほえ》むケイの姿があった。

「知りたいのは、それでしょ？　あんたが意識を失ってから経ったのは、十日。食べられる？」

無理だ。体が、動かない。声を絞り出すのも億劫《おっくう》で、指先が鉛のように重くて上がらない。

「食べさせてあげるから、口だけ開けなさいよ。ほら」

ぐいっ、と口を無理やり押し広げられて、生温かい汁が流れ込んで来る。飲み込める自信はなかったが、現金にお腹が鳴り、するりと喉を伝って胃に流れ込んで行った。ケイに何口も何口も、食べ物を口に運んでもらい、ようやく一人で口を開けるようになる。次第に嚙《か》む力が戻り、汁が軟らかい固形の食事に変わる。

「いきなり食べ過ぎるのもよくないらしいわよ。だから、とりあえずこれで一旦休憩。もう少ししたらまた食べさせてあげるから、まだ横になってなさい」

お腹はまだ満たされていないし、体も思うように動かない。だが、これだけは聞いておかなければならない。

「子供、は?」

何も感じない。空腹以外に、レイラの腹は何も告げない。ぽっかりと心に穴が開いたような喪失感が物語るのはなんなのか、レイラの脳はおそらく理解している。だから、涙が出るのだ。

「ケイ、子供」

ケイは答えない。代わりに重い吐息が聞こえた。

いなくなってしまったのだ。何事もはっきりと言うケイが言《い》い淀《よど》む事が既に、レイラへの答えなのだ。

では十日前のあの日、レイラの子は死んだのだ。あの縋《すが》るような子供の悲鳴を受けて、レイラは助ける事が出来なかったのだ。

つっ、と涙が頬へと伝って落ちる。ソウは、どこへ行ったのだろう。手を握って、顔を見せて、慰めて欲しいのに、会う事が怖い。否、会えない。子を、レイラは殺してしまったのだ。どんな顔をして会えというのだろう。ソウは、どう思ったのだろう。

失われるのはレイラの命だけであったはずなのに、レイラはもう、何も残す事なく死んでいくのだ。ソウとの繋《つな》がりも、もうない。

「まだ、死んでないわよ」

ケイが、背中で言う。こちらを見る事なく、ぽつりと。

「え？」

「超未熟児だけど。あんたは産んだわ」

「どこ？　どこに？」

ふう、とケイは大きく息を吐いた。意を決したのか、勢いよくこちらを振り返って言う。

「普通に育つわけないでしょ。せいぜいが四ヶ月の子供よ。手のひらほどの大きさもなかったわよ。でも確かに、ちゃんと生きて産まれた。産婆が直ぐに処置をして、一命は取り留めたけど、通常六ヶ月で出て来るもんと同じ処置じゃ、栄養不足で直ぐに死ぬ。そんな未熟児の処置はうちの村じゃ出来ない。だから、ソウが連れてったわ」

通常、産まれた子供は、腕に抱ける大きさになるまで、ポロという密封された箱の中で育てる。ポロというのは木の名前で、それを箱状に加工したものを使用する。ポロからは、子供を育てるための養分が多分に含まれるエキスが噴出しているとされ、その箱に入れておくだけで感染病や栄養失調を防げるとされる。ポロからエキスが噴出される期間は四ヶ月ほどで、ポロに力がなくなると、木が赤く変色して役目の終わりを告げる。それと同時に子供は外界へと出て、母親の手に戻って来る。

だが、それはあくまで、きちんと母親の腹の中で六ヶ月過ごした子供に限る処置である。

早産となった場合、未熟児にはポロのエキスはまだ刺激が強過ぎるとされ、使えない。ポロは湯をかけるとエキスを発し始めるのだが、湯をかけていない状態でもポロ自体がエキスの塊のようなものなので、そのまま箱に入れてまず慣れさせる、といった処置を一般的にはする。ただ、それは苦肉の策であり、安全とも言えなければ、助かる見込みも薄い。

「ポロに馴染《なじ》んだのかも、ソウに何の考えがあったのかも分からないけど。とにかく、ソウは時間がないって何の説明もせず子供を連れて出て行った。それっきりよ」

では、生きているか死んでいるかも分からないのだ。ソウが手立てを探して奔走してくれている。それをただ、信じて待つ他ない。

レイラはぼんやりと、天井を見つめる。なにも考えられない。今はただ、レイラは守ってやれなかったのだという罪悪感と、確かに息づいていたはずのものがいなくなってしまった空虚感だけが、体を襲う。

まるで全てが夢だったのではないかとさえ、思う。ソウに会ったのも、子が出来たのも、ここで一緒に生活した全てはレイラの夢に過ぎなかったのではないかという、そんな喪失感がある。

現実が欠落してしまったかのような、虚脱感。何も、考えられない。悲しいのかどうかさえも分からず、ただ、自分の体が自分のものではないように、宙を浮遊する空気に溶けてしまった気がする。レイラは、レイラという個体は、本当にこの世界にあったのだろうか。ちゃんと存在していたのだろうか。本当に自分は、レイラだろうか。何も、分からない。もう、何も。

「あんたは、とにもかくにも子を産んだ。だから、もう期限も定まってしまったわよ」

期限。何の話だろう。

「二ヶ月も、早くなっちゃったけど。あんたの余命はもう、秒読みを開始してしまったわ」

ああ、そうだった。そんな事もあったんだっけ。

でももう、そんな事はどうでもいい。どうでも。今のレイラには関係のない事だ。

「ソウが、早く戻って来るといいわね」

ケイの声が聞こえにくい。言っている事を反芻《はんすう》して、理解しようと努めて初めて、脳がその返事を考えようとする。ソウが、戻ってくる話。

「もう、戻ってこないかも」

「どうして？」

「子供がいなければ、ソウがあたしの側にいる理由なんてないんだから」

「子供はいるでしょ。あんたがそんな弱気でどうすんの。ソウは、瑪瑙にも果敢に飛び出して行ったのに、あんたときたら。迎えに行くくらいの気概を見せたらどうなの。もう、動けない体じゃなくなったんだから」

瑪瑙。襲われれば命が危うい、強獣の住処《すみか》。何の考えがあったにせよ、そもそもソウは、瑪瑙を抜けられたのだろうか。そこで獣に襲われていれば、帰って来ないのではなく、帰れなくなってしまった事になる。

ぞっ、と急に背筋に冷たいものが走った。

ソウは子供を守ろうと、諦めなかった。どこを目指し、なんのあてがあって出て行ったのかは分からないが、彼は彼の全力を尽くして、レイラとの約束を守るために危険を顧みずに飛び出して行った。子供を胸に抱き、獣に出くわしてしまえば存分に戦えないことも承知の上で。

(死んでしまったら、大切な主人のところへ帰れなくなるのに)

それでも。それでも、彼は。何よりも大切な主人との約束を違《たが》える事になるかも知れないのに、子供を、選んでくれたのだ。

起きなければ。

ぐんっ、と腹に力を込めると、体が持ち上がる気がした。もうお腹《なか》に力を入れてはならない事もなければ、自由に動いてもいいのだ。大切な彼のところに、走っていける。

「十日と、言ったわね」

「ソウが飛び出してから、九日よ」

ケイはレイラの意図を汲《く》んで、的確な返事をくれる。

「どこに行ったのかしら」

「それは分からないわ。なんだかぶつぶつ小難しい事を言っていたけど、さっぱり」

よく分からなかった、とケイは言う。

「ポロの話を、ソウにした？」

ポロに関しては、レイラ自身、ソウに詳細を説明した覚えはない。

「したわ。産婆にもあれこれ質問してたみたいだけど」

仕入れられるだけの情報を仕入れたソウは、伽羅ではもう出来る事がないと判断したのだろう。助けられる可能性に心当たりがあったのかどうかはさておき、諦めなかったからこそ飛び出していったに違いない。

ソウに、子供の命を懸ける他ない。では、レイラの出来ることは。

ソウの足取りを追うしかない。彼が助けを必要とした時に、手を差し伸べる事しか出来る事がない。

だが、狩猟区は広い。どこへ行ったのかも分からないものを、捜すなど不可能に近い。

昨日今日出て行ったのではない、既に九日が経っている。

レイラはあまりにもどかしく、下唇を嚙む。なんでもいい、誰でもいい。レイラに出来る事を、教えて欲しい。残念ながら、レイラの足りない知能ではどうにもならない。何も出来ない事が悔しい。

はっ、とレイラは顔を上げる。

もしかすると、氷国王なら。何か、助言をくれるのではないか。ソウが何をしようとしているのか、それだけでも分かるかも知れない。何をしようとしているのかが分かれば、どこへ行ったのかも推測が出来る。

レイラは体を起こす。

果たして氷国王は、帰城しているだろうか。


レイラは食事をしっかり摂《と》れるようになってから、氷国王に面会を求めた。しかし残念ながら氷国王は帰城しておらず、氷国に入る事すら叶《かな》わなかった。

レイラは藁《わら》にも縋る思いで、事と次第を誰か偉い人に伝えてくれと、漠然とした頼みを門番にした。アドバイスだけでもと訴えるレイラに、とりあえず待ってくれと門番は言ってくれた。

一国一城が目の前にあるのだ。国王でなくとも、優秀な官吏が揃《そろ》っているのは間違いないはずで、レイラに助言を出来る知識を持った者だっているに違いない。

雛姫は、副官である。副官とは本来、王が国を空ける際にはその全ての責を負う者であるが、ここ氷国においてはその限りではない。誰もやりたがらなかったので、賭けをして負けたのだと雛姫は言っていた。仕方なく副官を名乗ってはいるが、その責務を担っているのが大官長である事は知っている。

大官長には、レイラは会った事がなかった。氷国王と雛姫、あとは門番くらいにしか面識はなく、知識欲のないレイラとしては、接触する機会などそもそも必要がなかった。だが、今となっては後悔している。紹介を頼めば、おそらく面識を持つ事が叶っていただろうに。予《あらかじ》め面識があれば、今この瞬間、大官長に繋いで貰《もら》えたかもしれないと思うと悔やまれてならないが、今更それを言っても仕方がない。城という場所には、優れた者は他にも沢山いるのだろうと期待する。

レイラは門の前でただひたすらに、良い返事がある事を祈りながら待つ。

小一時間は待たされ、そしてようやく、門番に動きがあった。窓口から、ワーロンが差し出されたのである。

ワーロン、というのは、対になるワーロンを持つ者とコンタクトがとれる鉱物であり、非常に珍しいものである。世界中に数えるほどしかないとされ、氷の内と外を繋ぐのにもってこいのアイテムである。それは、位の高い官吏が外の者と話す時に使用され、遠話鉱《えんわこう》石《せき》と呼ばれる事もある。

重要な場面以外の城への伝達は全て、担当の伽羅の男が行っている。獣に転変し、空を駆けて書簡を最速で届けるのだ。大概はこれで事足りる為《ため》、伽羅の男はあくせくと職務を全うし、小金を稼いでくれている。

レイラはワーロンを見たことこそあったが、手にするのはこれが初めてだ。レイラ如《ごと》きが触れられる日が来ようとは思ってもみなかった。それ程までに、使用する場面と人を選ぶ、国の宝に近い。絶対に取り落とせない。首が飛ぶ。

人の頭ほどの穴が、唯一氷国の外と中を繋ぐものであり、門番との会話、小さな物のやりとりしか行えない。そしてワーロンは、片方の手の平に収まるほどのサイズしかない鉱石であった。

レイラがそれを手に取ると、石から声が聞こえてくる。

『初めまして、伽羅族の当主レイラ様』

声は、そこにいるかのように鮮明に聞こえた。相手が誰かは分からないが、これを使用している時点で、かなり身分は高いと考えて間違いない。声は男のもので、雛姫でないことは確かだ。

「ご連絡、感謝します」

レイラは用件に入りたいのを堪《こら》えて、まずは礼を述べた。機嫌を損ねるような礼を欠く行為は、避けなければならない。相手がどの程度の官吏か、まだ分からない。礼はしっかり尽くしておかねばなるまい。

時間をとってくれた事に対する感謝の次は、何を言うべきか。レイラは二の句で早速話題を失い、絶望的な気分になる。当たり障りのない会話というものをした経験のないレイラは、明らかに目上の人間に対し、今こういう場面で何を口にするのが正しいか、分からない。

『ざっくりとした事情は聞きましたが、人を捜しているとか？』

途方に暮れるばかりのレイラの無言に対し、早速用件を切り出してきた男に心の底から感謝する。ほっと胸を撫《な》でおろし、レイラはようやく二の句を継いだ。

「はい。我が子の父親です。生憎《あいにく》四ヶ月で早産し、その子を助けるために出て行きました。よい産婆に心当たりがあったのか、なにか思い当たる事があって出て行ったはずなんです。なにか、なんでもいいんです。心当たりはおありになりませんか」

『と、言われましても。私は彼ではありませんから』

分かっている。漠然とした事を言っているのは、レイラが一番よく分かっている。だから、藁にも縋る思いで来たのだ。

「ですが、」

『私なら、という意見を申し上げても？』

食い下がろうとしたレイラを遮って、男は言う。

「ぜひ。ぜひ、お願いします！」

レイラは石に向かって頭を下げる。見えているはずはないのだが、頭が自然と落ちて来た。

『出産についても、我が主人は専門家です。医学的知識なら誰にも負けないでしょう。そんな主人が申しますには、異種族の間に出来た子供が産まれにくいのは、二つの血が混じった子供の殻を育てる力が母体にない場合が多いことと、肉体に合う魂がそうそうなく、結果定着がなされないから、だそうです。その両方を補う事が出来れば、異種族の間の子供でも、簡単に生を授ける事が出来るとか』

彼の主人と言うからには、おそらくは氷国王の事だろう。彼は既にこの世で最も長く生きる神とされ、その膨大なる知識は多種族に及ぶと言われている。その彼の言葉なら、聞く価値はある。

口を挟まないレイラに、声は続ける。

『殻をうまく作るためには、母体を通じて、足りない力を補ってやる必要がある。魂の定着がなされない場合には、魂族に力を仰げばいい。と、以前漏らしておりました。どちらも母体で六ヶ月育てる場合の対処法ですが、早産してしまった場合に我々が出来る事も大差はありません。ポロなどで殻を作る力を補い、魂族に助けを請う。当主のご主人がどこまで分かっていたかにもよりますが、もしかすると、魂族に助けを求めに行かれたのでは？』

「可能性はあると思います。頭のいい男ですから。ですが、その魂族に心当たりが全くなくて」

る。
魂族は、主に産婆などに多く、死者や赤子の魂を司《つかさど》るため、命を預かる種族と言われる。圧倒的に数が少なく、その多くは御家に抱えられていたり、流浪の身の上である事が多いとされる。レイラも、全くあてがない。

『彼らは一箇所に定住しませんから、なんとも。雷国に多いとは聞きますが。狩猟区を出て雷国へ入ったのか、あるいは路族《ろぞく》を頼った、という可能性もありますね』

ソウは、雷国の出身だ。国元に、魂族の知り合いでもいるのかも知れない。ソウがここを離れて既に十日が近いとなると、獣に襲われるなどのアクシデントがなければ、ぎりぎり雷国に着いていてもおかしくはないが、今にも事切れそうな赤子を連れてそんな距離を移動するだろうか、とも思う。

「その、路族というのは何者ですか？」

『狩猟区では少し名のある種族です。流石《さすが》の彼らも瑪瑙地区にまで足をのばすことはありませんから、ご存じないかも知れませんが』

やんわりと無知をフォローしてくれたが、そもそも閉鎖された伽羅村には外の世界の情報が全くと言っていいほど入って来ない。興味関心を持ち、外からの客人に問えばよいのかも知れないが、生憎と関わりのない世界に関し、知ろうという努力をして来なかった。

「伽羅の無知は自覚しているつもりです」

『外界と隔離してしまっている我が国の人間として、なんだか申し訳ない』

　男が謝るので、レイラは慌てて両手を振る事で否定する。相手に見える筈《はず》はないのだが。

「それは伽羅が望んだことですから！　知ろうとしてこなかったですし、氷国には本当に、感謝してるんです」

『ふふ、そう言っていただけると。――話を戻して、略族ですが、対価の代わりに大概の望みは叶えてくれます。人脈も広く、資金も豊富に蓄えているとかで、契約がうまく結べたなら、それこそ魂族を紹介して貰う事も容易《たやす》いでしょう』

　なるほど、そちらの可能性もある。狩猟区に諜報《ちょうほう》活動に来るソウなら、略族の存在を知っていてもおかしくはない。

「居場所は、ご存じですか？」

『正確な場所までは。ですが、隠れている訳ではないはずですから、以前取引した経験があるなら、そう見つけにくいという程でもないはずです。今の略族の当主はあまり評判が良くないですから、息子の方を頼ったかも知れません。息子の方なら、確か雷国の正道《せいどう》より南に今は居を構えていると聞いた事が』

　狩猟区を無事に抜けるために国が作った道を、正道という。全部で三本あり、紅国と水国を繋《つな》ぐ道が二本、雷国と水国を繋ぐ道が一本ある。ここから最も近いのは雷国の正道で、レイラの足なら五日程で着く。その正道より南側に略族とやらが居を構えているのであれば、同じく南側に位置する伽羅村からであれば五日以内に行ける計算だ。もっともソウが、レイラ程足が速いとは思えないが、雷国に向かうよりは近かろうと推察する。

雷国に帰ったにせよ、賂族に助けを求めたにせよ、ソウが無事でさえあれば、既になんらかのアクションが起きている頃のはずだ。子供は、助かるだろうか。距離的な事を思えば、賂とやらに軍配が上がるような気もする。

『この先の、助言を申し上げても？』

「もちろん、是非お願いします」

レイラははっと顔をあげる。考え込んでしまっていた。

『貴女《あなた》は、もう余命幾許《いくばく》もない。ご主人を信じて、村で待たれる方が良いのではないかと。他にも、当主としてなすべき事もあるでしょう。ご主人の行った先が分かるならまだしも、どこへ行ったか分からない以上、深追いはせぬが良い。入れ違いになっても、困るでしょう。お気持ちは察しますが、ここは、伽羅のために時間を使われるべきではないでしょうか』

「……はい」

レイラは項垂《うなだ》れる。次の当主に誰がなるかは、分からない。その為、ケイへの仕事の引き継ぎは全てしておかなければならない。氷国王に対しても、暇を請わねばならないし、当主が代わる事も、関係各所に伝達しなければ。すべき事は山のようにあるのに、レイラに残された時間はもう、僅かしかない。

ソウ達の無事を祈るしか、ない。

この男の言う通り、結局ソウの足取りは、想像することしか出来ない。助けに行きたくとも、レイラにはその時間もないのだ。

『前の当主は、愛する人に看取《みと》られたと聞いています。貴女も、そうなさるのですか』

「いいえ、私は何も言わずに彼を送り出すつもりです。ですが、彼が子供を連れて戻ってきてくれると信じるなら、間に合わないかも知れませんね。帰ってくれた時には、もう」

自分の命はないかも知れない。そう続ける事が出来なかったが、声の主は言わずともそれを承知しているはずだ。

『間に合う事を、お祈りしています。貴女がもう一度、彼とその子に会えますように』

「ありがとうございます。貴方《あなた》とはこれが最初で最後でしょうに、とんだご面倒をかけました」

そう、この声の主とも、おそらくもう話す事はない。氷国王に最後に目通りしたいものだが、彼が近々帰城するかどうかすら分からない。氷国王には流浪癖があり、何ヶ月も戻って来ない事もある。実質国を回しているのは、何度も言うが、別の人間だ。

『忙しさにかまけて、貴女に会う機会を損ねていた事を、残念に思います。是非一度、私と話す時間も作って下さい』

「喜んで」

素直に、嬉《うれ》しい言葉だった。死んでいく者にかけるべき言葉など、ない。死ぬと分かっている者に、わざわざ会いたいと言ってくれる人などそういないだろう。億劫《おっくう》なだけだ。憂鬱な気分になるだけだ。どうせ哀れむ事しか出来ないのに、あえて会いたいとは思わない。だから、素直に嬉しかった。

『申し遅れました。私はこの国の大官長を任されております、水砂《みずさ》と申します』

「大官長様、ですか!?」

大官長は、王、副官に次ぐ位である。副官である雛姫が仕事は出来るだけしないと豪語し、仕事を丸投げしている、あの。こと氷国においては、全権を預かっているに近しい仕事ぶりだという、あの。

『はい。ご存じの通り、うちは王も副官も仕事をしないもので、暇がなく。ですが、雛姫からお噂《うわさ》はかねがね。是非一度、会ってお話をしてみたかった』

「こ、光栄です」

レイラは口数が少なくなる。偉い人を、とは頼んだが、まさか大官長直々にお出まし頂けるとは夢にも思わなかった。氷国王は見た目が少年、副官は同系統種族ということもあり気さくな間柄、レイラにとってはこの大官長が、最も恐縮する相手かも知れない。落ち着いた喋《しゃべ》り方ではあるものの、声は意外と若い。想像するに、二十代から三十代の若い男。

とても優しい声質が、なんとなく大人になったソウはこんな感じの声になるかもしれないと、レイラの胸を過《よ》ぎらせた。

※

ソウがいなくなって、二十日が過ぎた。

レイラはただ無心で、仕事をこなしていた。ソウを捜してやると意気込んで氷国まで乗り込んで行った結果としては冴《さ》えないが、大官長の言う事もご尤《もっと》もであった。確証のない事に時間を割くより、すべき事がある。

皆がレイラを気遣い、きっと帰ってくるよ、とそう優しく慰めてくれる。だが、慰められれば慰められるほど、悲しくなる。その憐《あわ》れむような目を見るのが嫌で、レイラは自分の家から一歩も出なくなった。

ただ一人、ケイだけは引き継ぎの関係上毎日側にいた。妻を求めてやってくる者への対応、レイラが認《したた》める書簡の送付など、レイラが家から出なくて済むよう、その全てをケイに任せている。

ここ何日かは、ケイの顔しか見ていない。だが、気楽である事には間違いない。

当のケイは、かなりストレスが溜《た》まっているのか、口を開けば愚痴ばかり言う。

「本来、次期当主を助ける役割ってのは、数人でするものでしょ？　なんであたしだけなわけ？」

「あんただけが、あたしを憐れまないからよ」

「憐れんでる憐れんでる。とっても憐れんでるわ。ほら、よく見てこの目を！　だから解放してよ」

全く憐れんでいない。それがレイラには心地よいのだが、ケイにしてみればたまったものではなかろう。彼女にも一応、彼女の生活というものがある。

「そう言わず。あたしはそのうち適当に死ぬんだから、助けてあげよう、願いを叶《かな》えてあげよう、くらい思ったらどうなの？」

「死ぬ死ぬ言ってるうちは、人は死なないわよ！」

ケイは、頭から煙を出さんばかりに吠《ほ》える。今までの例から言えば確実に死ぬのだが、ケイがそう言えばそんな気もしてくるから不思議だ。

二十日が経《た》ったが、ソウの行方は相変わらず杳《よう》として知れず、レイラは彼らの事を想《おも》っては枕を濡《ぬ》らす日々を過ごしていたが、ケイにそれを悟られぬよう、日中は極力忙しく仕事をこなした。何かをしていなければ、気を抜けばつい、彼らの事を考えてしまう。

「そういえば、どうだったの、氷国の大官長は」

レイラは昨日、氷国大官長に目通りをした。彼は律儀に約束を守り、王が帰城すると同時に、氷国城へと招待してくれたのだ。

初めて顔を合わせた大官長は、真っ黒な美しい髪を腰まで垂らし、真っ黒な目をしていた。飾り気一つない黒のマント姿で、上から下まで真っ黒な男だった。見た目は三十前後、思った通り優しい眼差《まなざ》しをした男で、ふわりと花のように笑った。髪が黒いせいなのか、落ち着いた雰囲気のせいなのか、妙にソウに重なって、泣けた。

「どうだった、って？」

「奥さんよ。いた？」

「それ聞くのかなり恥ずかしかったわよ」

ケイにせがまれ、レイラは大官長、水砂に女の影があるかどうかを確かめた。彼は笑って答えてくれたが、レイラは顔から火を噴きかけた。

「妻も婚約者もいないそうよ。あんたが目に留まるわけ、ないけどね」

「一言余計よ。盲点だったわよね。氷国の大官長だなんて、素敵だわ」

レイラは、昨日の事を思い返す。なんの話をするのかと思えば、彼はソウについて色々と質問をした。どんなところが魅力なのか、どんな人物なのか、見た目に始まり性格的な事まで、殆《ほとん》どソウの話をしただけのように記憶している。

何故《なぜ》そんなにソウの事を知りたいのか、と最後に問うと、水砂は微笑《ほほえ》んでこう言った。

「彼の話をする事が、貴女にとって一番幸せな事でしょう？」

きょとんとするレイラに、彼は続けた。

「私は貴女の貴重な時間をいただく以上、楽しく帰っていただきたいのです。貴女を楽しませる話の種は、つまらない世間話などではない。今更この氷国の成り立ちや、制度について聞いたところでどうします。初めて会う私と貴女の間に、共通の話題などありません。貴女を幸せな気持ちに出来るのは、ただ、私が貴女の愛する者の話を幸せな気持ちで聞く事だけでしょう」

ケイ、あんたには分不相応。レイラは直《す》ぐにそう思った。あえて、言うことではないが。

実際、ソウの話を聞いてもらう事は楽しかった。彼がいかに優れているかを自慢する事が誇らしく、また、水砂は大変な聞き上手であった。相手が大官長である事などすっかり忘れて、レイラはにやけながら、たっぷり二時間もソウ自慢をした。嫌な顔一つせず、本当に楽しそうに話を聞いてくれた大官長は、最後に我に返って恐縮するレイラに、優しく言った。

「貴女が幸せそうで、私もとても幸せな気持ちをいただきました。そのうち、雛姫にも会ってやって下さい。貴女の事情を聞いて、すっかり凹《へこ》んでしまって。私にもまた、是非幸せを分けに、お話をしに来て下さい」

その優しい最後の笑顔が、脳裏に焼き付いている。

「あれはいい男だったけど、中々に女泣かせだと思うわ」

「なになに、どういうことよ？　言いなさいよ、もったいぶらないで！」

「あんたにゃ天地がひっくり返っても無理だってことよ！」

「ずるいわ！　レイラばっかりいい男捕まえて」

実際は誰も捕まえてはいないが、レイラは苦く笑うことで話を流そうとする。かなりストレスの溜まっているケイと口喧嘩《くちげんか》を始めても、疲れる気しかしない。そしてストレスの原因を作っているのが自分であるという自覚はあるだけに、多少は申し訳ない気持ちもある。多少、だが。

レイラは水砂と別れた後、その足で氷国王に暇を請うた。またいつ出かけてしまうともしれない彼にこそ、いる時に確実に挨拶をしておかなければならない。間近でその顔を凝視する事が出来ぬ程美しい顔をした少年王は、どっかりと机に両足を載せて書簡を眺めながら、戸口に平伏するレイラに背中で言った。

「またね」

レイラはひらひらと何事もなく手を振る少年王に、ぷっと噴き出して言ったものだ。

「はい、また」

「死など、ただの殻の崩壊に過ぎない。魂は流れ、強き縁《えにし》に再会を望む。死の恐怖に飲み込まれそうになった時には、明日の事は考えるんじゃない。最も幸せであった時の思い出を食《は》め」

少年王は首だけで振り返り、ふふと光のような笑顔を浮かべた。レイラはあまりの眩《まぶ》しさから目を細めるようにして、はい、とだけ返し退出した。

閉めた扉にもたれ、レイラはしばらく廊下に佇《たたず》んだまま動けなかった。かけられた言葉を何度も反芻《はんすう》し、反芻する度にじんわりと心に沁《し》みてくる。何人もの伽羅当主を見送って来た少年王は、先代の時にも、先々代の時にも、同じ言葉を投げたのだろうかと考えると、感慨深いものがある。レイラは胸が詰まって次の言葉がなかったが、食い下がった者もいただろう。彼と先代達との会話が妙に、気にかかってならなかった。

ぼんやりと少年王の言葉を胸で唱えるレイラに、まだ言い足らないケイが大きく口を開いた瞬間、どん、と戸口で音がした。レイラ宛の書簡が届いたらしく、それが戸口に立てかけられる音に、ケイは仕方なく言葉を飲み込んだ。足取り重く、取りに向かうその背の哀愁と言ったらない。

戸口には、何通も書簡が置いてある。通常ならレイラに直接渡していくのだが、いかんせん今は、レイラが外の世界を遮断しているので、入っては来ない。代わりに戸口に置いていくのを、例によってケイが取る羽目になっている。

「ちょっ、当主！　きた、きたわよ！」

「なにが」

急ぎで待っていた仕事などあっただろうか。顔を真っ赤にして、転がるように戻ってきたケイの手には、しっかりと書簡が握られている。

「ソウよ！　旦那さんから、書簡が来た！　生きてるわ！」

レイラは考えるより先に、それを奪い取る。そこには確かに、ソウ、と署名がある。慌てて書いた様子もなく、はっきりとした文字が並ぶ。初めて見たソウの几帳《きちょうめん》面な文字が、涙で霞《かす》んだ。

生きていた。やはり、ソウは生きていた。無事に瑪瑙の獣を躱《か》わし、目的地に辿《たど》り着《つ》いてこの書簡を書いたのだろう。そうでなくては、これほどまでに丁寧な文字は並ばない。

レイラは涙を拭い、文字に目を落とす。子供の事が書かれているかと思うと、中々目が先に進まなかった。助けられなかったと、そう書かれていたらと考えただけで胃が痛くなる。読み進めるのに覚悟が必要だった。

レイラは深呼吸をしてから、素早く目を通し始めた。挨拶などなく、用件だけが端的に書いてあった。

〝略族との取引に成功。子供は無事。契約の奉仕期間一ヶ月〟

レイラは、ふっ、と我知らず詰めていた息を吐き出した。生きている。子供も、生きている。

「なに、なんて書いてあるの？　どうしたって？」

ケイは書簡を覗《のぞ》き込むが、彼女にはまだ読めない箇所も多い事と推察する。世界共通文字は、進んで学ばなければ読み書きが難しい。特に種族独自の文字がある場合、学ばない者の方が多い中、レイラは仕事柄どうしても必要で、当主になってから覚えた。

レイラがぽろぽろと涙を流して泣くので、悪い知らせと思ったのか、ケイは困った顔をする。

「あーっと、ほら。ソウは、無事なんでしょ？」

「……子供も、無事だって」

「は!? え？ ほんと？ 良かったじゃない！ 紛らわしいわね、泣かないでよ！」

ケイは、悪態をつきながらも、レイラを強く抱きしめる。レイラも、ケイにしがみ付いて泣いた。

何に礼を言えばいいのか、分からない。感謝する。運命の神に、感謝する。レイラの希望は、二人とも命を拾って、帰ってくる。ここに、帰ってくる。

「路族と、契約したんだわ。契約は一ヶ月って書いてある。それが残り一ヶ月、という事なら、間に合わないかも知れない。契約自体が一ヶ月なのなら、半月もせずに帰ってくるかも」

ソウはおそらく、氷国大官長が言っていたように、路族に対価を支払って、魂族を紹介されたのだろう。そしてその対価がなんらかの奉仕活動であり、その期間が一ヶ月。レイラが生きているうちに帰って来られるのかは、分からない。不親切な文面だが、書簡の大きさからして、長く文章には出来なかったのだろう。だから、必要最低限の事だけを箇条書きにして寄越したのだ。心配するレイラを、おそらくは安心させようとして。

ソウと子供が帰ってくる。

レイラの胸に、それは沸き起こって来た。今まで自分がいつ死ぬのか、もうそう遠くないだろう程度にしか興味がなかったが、急にそれを調べたくなった。調べなくてはならなくなった。ソウと子供が帰って来るまでは、死ねなくなった。

「ねぇ。前の当主は、正確には何日で死んだのだったかしら？」

レイラは顔を上げる。そこには、涙目のケイの顔がある。一緒になって泣いてくれる、そんな友が果たしてケイの他にいるだろうか。慌てて涙を拭う彼女を見ながら、ソウの言葉を思い出していた。

（確かに、いい友達だわ）

悪態をつき合いながらも、どんな時でも彼女は、いつもレイラの側にある。皆が気を遣って遠ざかる現状でも、このケイだけが文句を言いながらも一緒にいてくれる。

「えっと、どうだったかしら。ちょっと待って」

ケイは立ち上がり、隣の部屋へと消えていく。記録を探しに行ってくれたのだろう。彼女には、この家にあるものの全てを覚えてもらっている。次の当主に、説明するために。

レイラは、書簡を胸に抱く。

思えば、レイラはいつでもソウを待っている。ソウが伽羅の村に来てくれるのを、首を長くして待った。どうして来ないのかと、周りに当たり散らして、物を壊して、苛立《いらだ》ちを募らせながら待った。

あの時とは違う。ソウはレイラと子のために、身を粉にして働いてくれているのだ。帰って来ないのではない。レイラ達のために、帰って来られないのだとちゃんと、分かる。

そんなソウを、今なら待てる。苛立つ事も、物を壊す事もなく、ただもう一度会えると信じて、少しでも長く生きられるように模索しながら、待てる。ソウが帰ってくるまで、必ず生きて、一ヶ月だろうと、二ヶ月だろうと必ず待ってやる。

ケイが戻ってくる。

待っている。だから必ず、帰って来て。

※

早い話が、前例として、当主が子を産んでから百日以上生きた記録はない。

レイラは、伽羅の当主としては十四代目に当たる。

前に十三人の当主がいたわけだが、そのいずれもが子を産んでから、百日を待たずして死んだ。だから大体三ヶ月、と皆の脳裏に刻まれているのだろう。最も長い者で、産んだ日を一日目として、九十八日目に死んでいる。

レイラは記録を眺めながら、ケイに問う。

「そもそも、何が原因で死ぬのかしら」

「そんな事聞かれたって、分かるわけないでしょ。能力が関係あるとしか思えないけど」

分かっていれば、誰かが解決策を見つけているだろう。なにせ命がかかっているのだ。労を惜しむはずはない。

「子供を産んだら死ぬなんて、呪いよ、呪い。原因なんてあると思う？」

「なんの呪いよ。能力は伽羅の尊厳を守るために生まれたものであって、必要不可欠な力よ。それのせいで子を産んだら死ぬなんて。そもそも、子を産んだら、っていうのが解《げ》せないわ。能力が強すぎて短命になる、っていうなら分からなくもないけど、子を産んだら死ぬのよ。意味不明だわ」

「子を産まなかったらどうなるか、例がないからね。皆、命を捨てて子供を遺《のこ》してる」

前に十三人しかいないというのも、統計を取るには例が少なすぎる。十三人が百日を超えられなかったからといって、レイラもそうだと、決めつけるのは早い。

「子を産んで死ぬというのは、どうなの？　よくある話なのかしら？」

「そりゃあ、母体にそうするだけの力がなければ死ぬでしょう。死ぬというか、出産に必要な力が、母体に足りないのよ」

「よくあること？」

「さあ？　聞かない話でもないけど」

レイラは聞いたことがない。誰しもが妊娠し、誰しもが子を産み、当然のように育てる。伽羅にとっては特にそれが当たり前で、妊娠できないことも、産み落とせないことも、不思議でしかなかった。レイラ自身が早産するまでは、産まれてくるのは当たり前の事だった。

子を産む力がない。それで母体が死ぬ。それは、理屈としては分からなくはない。出産自体は大した力を使わないが、子を腹の中で育てている間は、必要以上に力を使う。エネルギーを持っていかれてしまい、思うように体が動かないこともある。それで母体が弱る。弱りきった状態で子供を産むと、なんらかの異常を体にきたすのだと言われれば、そうなのかも知れない、と思う。妊娠はそれ自体が、体に異常をきたしている状態だ。体が熱くなったり、耳が聞こえにくくなったり、とにかく思ってもみない異常が体に起こる。それが原因で死ぬのだと言われれば、理由は解明できないが、納得出来る部分もある。

レイラが解せないのは、産んでから三ヶ月は「生きる」という点だ。当主としての能力が強すぎて体に負荷がかかっている状態で、更に妊娠という身体異常を加えて死に至るのなら分かる。だがその場合、産後三ヶ月は生き過ぎだ。

「そう言われればそうだけど。直《す》ぐに死ぬよりいいじゃない。儲《もう》け話に難癖つけないでよ」

「全然儲け話じゃないわよ。そもそも出産で死ぬのを基準に考えちゃ駄目だわ。世の女なら誰でも経験する可能性があることよ。産んだ端から女がばたばた死んでたんじゃ、世の中回らないじゃない。死なない事を前提にすれば、三ヶ月で死ぬなんて外れくじもいいとこでしょ」

「世の中には理由のない事だってあるわよ、当主。赤ん坊がおぎゃーって泣くのはなんで？　人が二足歩行するのはなんで？　女が男を欲するのはなーんで？」

「うるさいわねっ、知らないわよ」

「それと一緒よ。伽羅の当主が産後三ヶ月しか生きられないのはなんで？　理由なんてない。そういう定めなの」

それを言ってしまっては、レイラの生き残る術も模索しようがない。原因さえ分かれば、少しでも延命出来るかも知れない。一日でも、二日でもいい。長く生きていたい。

「あたし達のない頭捻《ひね》ったって、仕方ないでしょ」

ケイは最終的には、考えることを放棄する。歴代の当主が頭を悩ませて考え抜いた問題の答えが、そう易々《やすやす》と浮かぶはずはない。氷国王に死を逃れる術について質問をした当主も歴代の中にはいたであろうが、今解答が示されていないという事は、たとえ彼の力をもってしてもどうしようもなかった、という絶望的な推論が立つ。

おかしいとは思う。当主の死には謎があるのに、解決策を見出《みいだ》す術がない。知識が圧倒的に足りない。それを尋ねる相手もいない。

「そろそろロタ村の男がやって来るわね。出迎えてくる」

「ロタ村。ああ、そうだったわね」

レイラは、立ち上がるケイを見上げる。家に引きこもるレイラは、瑪瑙地区への出迎えをやめた。本来サービス業務であったために誰も文句は言わないが、この重い腰を上げるだけで助かる命はあるだろう。助けられる命がある事を思うと憂鬱になるが、自分の死を前にそうはいってもレイラとて忙しい。他人の命を慮《おもんぱか》っている暇は生憎《あいにく》と、ない。

特に当主としての敬意を払う必要がない相手だ。ロタから妻を探しにくる男の対応の全てをケイに託し、一人になって、レイラは背凭《せもた》れに深く背を預け頭上を仰いだ。この家は、当主に代々引き継がれて来た。レイラが死ねば、次の当主がここに住む。

前の当主達も、ここでこうして死を待ったのだ。子供をその手に抱きしめ、刻一刻と迫る死の恐怖と戦ってきた場所。レイラの手の中には子供がないが、先代達は皆、死ぬまで我が子を抱きしめていたと聞く。

彼女達もまた、外の世界の男を選んだ。伽羅の男と結ばれた当主はいない。そもそも当主に選ばれる者には、「独身」であり、「子供を産んだ経験がない」という共通点がある。こちらも誰に言われた訳でもないが、レイラを含む歴代の当主達がそうであった。

伽羅の男に嫁げなかった（嫁ぎたいと思う相手がいなかった）からこその未婚である事

を思えば、必然的に運命の相手とやらは外の人間になる。当主になって比較的直ぐにその出会いが訪れる事が、呪いだと言われれば呪いである。

ともかく当主は、伽羅の男達の中に自らのつがいの相手を見つける事が出来なかった者ばかりであり、外の男を選び、そして全員が命を失ってきた。産まれた子達は男達が最終的には引き取って行ったため、先代の当主達の子供はこの伽羅の村にはいない。レイラの子が、先代当主の子、として初めてこの村で生きる事になる。

どんな扱いになるのだろう、とぼんやり考える。先代当主の子とは言え、扶養すべきレイラは既に亡く、父もない子は、ポジションとしては非常に微妙だ。敬われる要素もなく、ただ、母親が元当主であるというだけだ。村の皆が慈しんでくれると思うが、今レイラが感じているような憐《あわ》れみの目を一身に受けて、引っ込み思案な子供にならなければ良いが。腫れ物に触るような扱いだけは、して欲しくない。

レイラは、子に何か残す事は出来ないのだろうか。産まれたのはやはり、男の子であったそうだ。この村での男の立場はまだまだ低く、女が力を持つ一族であるが故、隅っこに追いやられて細々と生きる息子を思うと、居《い》た堪《たま》れない。

ふと、族長の顔が頭を過った。村の端で息を殺すようにひっそりと生きているが、彼の元には人が集まる。彼を崇拝する年寄り達が常にたむろし、彼は孤独ではない。

レイラは立ち上がる。家の戸を開け放つと、丁度広場の方から鐘の音が聞こえてきた。

ロタ村の男は、無事到着したらしい。

レイラは久しぶりに、村を横切る。途中で擦れ違った村人達が少し驚いた顔でこちらを見ていたが、レイラは気にせずに颯爽《さっそう》と小走り気味に目的地を目指す。

「誰かと思えば、当主。子を無事産んだそうじゃの」

例によって、数人の年寄り達が家の前で族長を囲んでいた。今日は、既に族長も輪に入っている。こっちへ来いと手招きをする老女に、レイラは言う。

「族長に、頼みがあって来たの」

皆の目が一斉に族長に移り、徐《おもむろ》に族長が口を開く。

「ほう、珍しい事もあるもんだ。して、用件は？」

年寄り達の目が、一斉にこちらに向く。老人というのは、皺《しわ》だらけで力ないというのに、どうしてこう全てを見透かすような目をするのだろう。話しにくい。だから、レイラは年寄りが嫌いだ。妙な圧迫感がある。

「あたしの子の事よ。ケイに、と思ってたんだけど。貴方《あなた》に育ててもらいたいわ、族長」

「ほう？」

目を丸くした老人達は、次いでからからと笑う。

「レイラがそんな事を言うとはねぇ。いやはや、変われば変わるもんだの」

「近寄りもしなかったくせにの」

「あたしは族長と話してるんだから、ちょっと黙っててよ」

レイラはげんなりと肩を落とす。彼らはいつまでも、レイラを子供扱いする。

「男の子だったのよ。あたしは、その子を次の族長に望むわ」

「族長は皆が決める。儂《わし》に預けたところで、次の族長になれるとは限らん」

「分かってる」

レイラは神妙に頷《うなず》き、続ける。

「思えば貴方は確かに、立派にここまで伽羅を導いて来た人物だわ。今の伽羅は貴方があってこそ。それは認める。だから、貴方に育てて欲しいのよ。貴方のように、伽羅を導ける強い子に。結果大した男に育たなければそれはそれよ。でも、あたしの子はきっと、族長になれる」

「今まで蔑《ないがし》ろにしといてまぁ、よくもぬけぬけと」

そう言う老婆は、にやにやと笑っている。全くもって、この老人達ときたら、揃《そろ》いも揃って口が悪い。

根は、優しいのだが。

「それは否定しないけど。別に蔑ろにしたつもりはないわよ。しゃべってると疲れるから、寄り付かなかっただけ。あなた達がいてこその今の伽羅だというのは、理解してるつもりよ、これでも」

「上から年長者を見下ろしてまあ、この当主ときたら」

「それはあんた達の教育が悪いんでしょ。言っておくけど、あたし達伽羅の女の口が悪いのは、あんた達に似たんだからね」

「ああ言えばこういう」

「それもお互い様でしょ」

老人達は毒を吐きながら、じっとレイラを見ている。優しい目で、慈しむように、自分を見ている。不意に涙が出そうになって、レイラは小さく深呼吸をして思考を一度止めた。泣くものか。この老人達の前でなど、決して泣かない。

「それで、どうなの。受けてもらえる？　族長」

「ここにいる皆で育てよう。それでいいなら、受けざるを得まいな。当主の頼みは断れん」

「レイラのように口の悪い子になるだろうの」

「なにせ儂らのせいで口が悪くなったらしいから」

かかっ、と笑い合うこの老人達は、レイラよりも遥《はる》かに長く生きるだろう。それが少し、悔しい。

「感謝するわ」

レイラが殊勝に言うと、老人達はにかっと笑った。

「安心して死にな。しっかり育てて、後から追いかけてやるからの」

「あんた達が、このあたしに追いつけるわけないでしょ」

レイラは苦く笑う。

村の子供は皆、一度はこの老人達によく懐き、遊んでもらった経験がある。歳《とし》をとるにつれ他の遊びを覚え、いつしか寄り付かなくなっていくが、伽羅の子供は皆、彼らに愛されて、巣立って行く。

レイラも、この年寄り達が好きだった。手を引かれて広場を駆け回り、木登りをしては尻を支えられ、雨が降ると頭をこれでもかと力一杯拭かれた。来る日も来る日も彼らの元を訪ねて遊んだ日々が、頭を過《よぎ》る。そんな昔の事はすっかり忘れたつもりでいたが、今日はこんなにも鮮明に、思い出す事が出来た。

どれだけ邪険にしても、彼らはいつも温かく迎えてくれる。どれだけ罵詈雑言《ばりぞうごん》を吐いても、次に会う時には忘れてしまったかのようにいつもと変わらぬ笑顔をくれる。それが愛だと、本当は分かっている。

レイラは踵《きびす》を返《かえ》す。いつもと同じように笑い合う声を背に受けながら、またね、と口にする。

老人達は、また来い、と口々に言った。

※

更に一ヶ月半が間もなく経《た》とうかという頃、またソウから書簡が届いた。

レイラはようやく仕事の引き継ぎを終え、ここ数日は生き残るための術を探すべく、産婆を訪ねて話を聞いたり、古い書簡を探してみたりと最善を尽くしてはみたが、全くと言っていいほど成果がなく、途方に暮れていた。

ケイは当主の仕事の流れを完全にマスターしたようで、与えるべき助言もない。あとは慣れるだけである。読み書きには難が残るが、「読み書き表」を解読できるまでになったので、時間はかかるだろうが仕事自体は問題なくこなしてくれるだろう。

レイラの命の刻限も、通例で言えばいよいよ一ヶ月程度、残すところ僅かに迫っていた。

ソウからの書簡には、あと二、三日で出立、とあった。書簡を運んできた脚族《きゃくぞく》に聞いたところ、ソウから書簡を預かってここまで五日かかったと言うから、彼は既に出立済の筈《はず》だ。おそらくは、間もなく帰ってくる。

間に合った。レイラの命がここ何日かで尽きるという事はあるまい。死が早くに訪れようと、少なくともあと二週間程は問題ない筈だ。

会える。ソウに、子供に、生きているうちに会える。その喜びから、レイラはした事のない料理を始めた。ソウを労《ねぎら》いたい。子供に、レイラの作ったものの味を覚えていて欲しい。そんな思いから、馬鹿にされながらもケイから習い、なんとか料理として成り立つ形になった時には、二日が過ぎていた。

「そんなにそわそわしてても、旦那さんの到着は早まらないわよ」

「分かってるけど、じっと座ってられると思う？」

「こんなに作って、あの胃の小さそうな旦那さんじゃ食べきれないでしょ」

「子供の分もよ」

「だから、まだポロからも出れない子供が食べられるわけないでしょ？」

「気持ちだからいいのよ！　あたしが食べるんだからっ」

ケイは机に並ぶ料理を一瞥《いちべつ》し、苦く笑う。

「まぁ、あんたにしてはよくやったわよ、当主。ソウの料理を見ておいて、これを出す勇気に乾杯」

「一々一言多いわね、あんたは！」

見目麗しい出来栄えではないことくらい、レイラが一番よく分かっている。だが、それこそ気持ちの問題だ。味見はしてある。食べられない事はない。

「今日帰ってくるかも分からないのに。まだ三日かかったらどうするの、これ」

「その時は、あたしとあんたで食べるのよ」

「あたしも含まれてるの!?」

嫌そうに眉を顰《ひそ》めたケイは、子供を族長に任せると言ったら、それがいいと賛成してくれた。レイラの事を話して聞かせるからと、そう言ってくれた。

レイラはもう、いつ死ぬか分からない。

先代が死んだ時のことは、レイラも覚えている。前日までなんの兆候もなく、普段通り元気そうに見えた。しかし、暗《あん》が明けると死んでいた。寝台の上で眠ったまま、二度と目を開ける事はなかったのだ。

最も長く生きた当主こそ九十八日であったが、逆に最も早く死んだ当主は、八十一日だった。レイラは既に、子を産んで六十七日が過ぎた。今日はなんともなくとも、眠ってしまえば、もう二度と起きる事が出来ないかもしれないところまで、既に来ている。歴々の当主の死亡時期はあくまで目安であって、最短を更新するかもしれないし、最長を更新するかもしれない。

体に全く何の異常もないレイラとしては明日死ぬと言われてもやはりぴんとは来ないが、最近、眠るのが怖い。二度と起きられないのではないかと思うと、いつの間にか眠っていても直《す》ぐに目が覚めてしまう。おかげでかなり、疲れた顔をしている。久々にソウに会うのだ。しっかり睡眠をとって、いつも通り、唯一の取り柄である潑剌《はつらつ》さを失っていないレイラで彼を迎えたかった。だがやはり、昨日もよく眠れなかった。

闇が忍び寄ってくる。

ソウは、今日という日に間に合わなかった。明日だろうか、明後日《あさって》だろうか。レイラは、明日を迎える事が出来るのだろうか。

「これ、食べるわよ」

ケイは、大量の料理を指差す。レイラはすっかり冷めてしまった料理を眺めながら、涙ぐむ。唇を噛《か》み締《し》めたが、涙は止まらなかった。

ケイは驚いたように目を見開いたが、直ぐに視線を逸《そ》らした。何も言わずに、ぽん、とレイラの肩を何度も優しく叩《たた》いた。

「死にたくないわ、ケイ」

絞り出すように言うレイラに、ケイは黙って頷く。ケイには、弱みを見せたくはなかったのに。最後まで軽口を叩き、貶《けな》し合ってその日を迎えたかったのに。

もう、涙が止まらない。

「あたしは明日、生きているかしら。あたしが最短記録を更新するかも知れないのよ。八十一日保《も》つかどうかなんて、なんの保証もない」

「大丈夫。神様はそこまで意地悪じゃないわよ。旦那さんが来るのを、きっと待ってくれる」

「三ヶ月しか生きられない運命を授ける時点で、十分に意地悪だわ！　どうして、なんであたしがっ」

「そうね。どうして、あんただったのかしらね」

前の当主も、前の前の当主も、その前も、皆そう思いながら死んでいったのだ。どうして、何故《なぜ》自分だけが伽羅のために死んでいくのか。皆の誇りを、矜持《きょうじ》を守るために、自分だけが生贄《いけにえ》のように死んでいく。

「皆を憎みたいわけじゃないのに。理不尽ね」

「当主の犠牲があって今の平穏がある事は、皆忘れない。決して忘れない。だから、あんたの子供は、皆が罪滅ぼしのつもりで守る。伽羅が滅びようと、必ず守ってあげる」

「ええ。ええ、そうね。誰が悪いわけでもない。それは、分かってる。皆を憎んで死んでいきたいわけじゃない。でも、つらいわ」

皆が当たり前に子供を産み育て、良き伴侶を得て幸せになっていく。その幸せを守るために、レイラは死ぬ。名誉の死と言えば聞こえはいい。だが、そんなものはいらない。レイラも、ただ当たり前の幸せが、欲しいだけだ。愛する者と天寿を全うし、子供の成長を見たい。ただ、それだけだ。

「そう言わないで。あんたは死なずに生き残る道もあった。あの日ソウに出会わなければ、ソウの子供を求めなければ、あんたは今でも死に怯《おび》える事なく生きていたのよ。でも、あんたは選んだんでしょ。自分で、選んだんでしょ。あの日に戻れたらどうする？　今のレイラなら、ソウをそのまま帰したの？」

あの日。

レイラの運命が決まった、あの日。

初めてソウに出会ったあの日の衝撃を、レイラは忘れない。死んでもいいと、思ったではないか。この男の子を産めるなら、死んでもいいと、確かにあの時、レイラはそう思った。だから人の道を外れ、手に入れた。

思えばレイラなどは、自業自得だ。しかしソウは、完全にレイラの我儘《わがまま》に付き合わされ、幾度となく危険な目に遭った。何度も瑪瑙地区に入り、捕まったレイラを助けるために浴びるように酒を呑《の》まされ、子供のために略族とやらに奉仕させられる。彼の不運を思えば、自分でした事を嘆くなどと烏滸《おこ》がましいにも程がある。

あの日に、戻れたら。

初めて彼を見た瞬間を、覚えている。少し長い黒い髪が美しく、はっとするような妖艶な目は若さに輝き、その柔らかな物腰に、口調に、声に、その若い体から薫る香りに。全てがレイラを虜《とりこ》にし、全てがレイラに命を懸けさせた。命を懸けて、ソウへの愛を証明すると言ったのは自分だ。

たとえ今、死への恐怖を知るレイラがあの日に戻れたとしても、きっとレイラは同じ事をする。二度とあの青年に会えない苦しみよりも、一時の彼との幸せを、レイラはやはり、きっと選ぶ。

ソウの手を、離す事は出来ない。

「帰さない。絶対にあの手は、離さないわ」

「じゃあ諦めなさい。あんたが選んだ幸せでしょ」

「……そうね。明日死ぬ事を考えて眠るんじゃないのね。今までソウに与えてもらった幸福を思い出しながら、優しく愛おしい気持ちで眠るのだわ。そうしたら、もしも目が覚めなくても、あたしはソウに包まれて幸せに死ねる」

明日の事は考えるなと、氷国王は言った。今幸せである方法を考えて、今幸せである事だけを考えて、明日の生死など考えない。

最後に見るのが、ソウの夢だなんて。こんな幸せな死があるだろうか。痛い事などない。幸せに浸っている間に死ねる。氷国王の庇護《ひご》もなく、当主もいなかった時代の伽羅は、愛してもいない男の子を産まされ、甚振《いたぶ》られ、獣に襲われ、血の涙を流して死んでいった。

そんな彼らを思えば、なんと幸せな死か。

レイラはふっと、詰めていた重い息を吐く。

何も考えない。レイラはもう、何も考える必要はない。ただソウの事だけを思い出して、にやにやと笑いながら眠りにつけばいいのだ。

瞼《まぶた》の裏で微笑《ほほえ》むソウは、妄想の中でも優しく美しく、やはりレイラは彼に恋をする。

「さ、これ食べてしまいましょ。明日も同じの作るの？　あたしは手伝わないわよ」

「一人でするわよ。あんたの手料理を愛するソウの口になんて入れさせないわ。あたしが作ったこの重い重い愛を、鱈腹《たらふく》食べさせるんだから」

「あたしが作った方が喜ぶと思うけど」

「そんなはずないでしょ。あんたの愛とあたしの愛なんて、天秤《てんびん》にかけるまでもないのよ。誰の口に合わなくても、ソウにだけは、あたしの料理の方が美味《おい》しいに決まってる」

「それは確かめてみないと」

レイラは鼻で笑い、ケイに更に嚙み付こうとして、我に返った。

今の、声は。

ケイの声では、ない。

振り返る前に、涙が滲《にじ》んだ。考える前に、レイラの頭はその声の主を正確に判断する。

大好きな、声がした。

心臓が止まりそうだった。緊張で鼓動が煩《うるさ》くて、音が聞こえない。震える手を膝の上に乗せ、拳を作った。ぐっ、と多大なる力を込めて、顔だけで振り返る。

「ただいま戻りました、レイラ。今度は、物を壊さなかったんですね」

小さな箱を持った青年が立っていた。

全身泥まみれで、見える限りでも、複数の細かな傷から血が滴っている。その輝く瞳にレイラだけを映し、優しく微笑む最愛の彼が、そこにいる。数歩、たった数歩で手が届く距離に、彼がいる。

ふらり、と自分の意思とは裏腹に、よろけるようにゆっくりと、近寄る。走り寄って抱きしめたいのに、足が鉛のように重い。

震える手を伸ばすと、指先が彼の頰に触れた。温かくて、涙が出る。直ぐそこにあるソウの顔を優しく両手で包み込むと、もう前は見えなかった。

レイラはへたり込み、その腰に手を回して彼を抱きしめる。ああ、痩せた。そう思った。

「会いたかった。会いたかったわ、ソウ」

ソウの手が、レイラの頭を優しく撫《な》でる。

感謝します。神様。

彼が生きて帰った事も、彼に出会わせてくれた事も、彼に再び会う機会をくれた事も、なにもかも全て。死よりも深く、感謝する。

「貴女《あなた》も元気そうで良かった、レイラ。お腹《なか》が減っているんです。是非その私には必ず美味しいはずの手料理とやらを、いただいても？」

※

ソウが帰って来た。大怪我《けが》こそしていなかったが、余程の死線を越えてきたのだろう、傷だらけだった。ケイが手当をしようとするのを、レイラが止める。ソウに触れていいのは自分だけだと叫ぶと、二人が同時に失笑を漏らした。

「これはお邪魔様。あたしは退散するわ」

「お疲れ様でした」

「全くよ、旦那さん。しばらくはレイラの子守、頑張って」

ソウは苦く笑う。頑張る気はないが、仕方がないといった顔だ。最早《もはや》どんな顔をされても嬉《うれ》しい。生きているソウの声を聞き、くるくると変わる表情を見て、その体温を確かめる。幸せでしかない。

ケイの毒舌を完全に聞き流すレイラをにやにやと見ながら、ケイが退席していくと、しん、と途端に家の中が静まり返る。

二人きりだ。信じられないほど久しぶりのような気がする。あまりの緊張に突っ立つばかりのレイラに、ソウから声をかけてくれた。

「手当など、レイラに出来るのですか?」

「ば、馬鹿にしないで。そのくらい出来るわよ。それで、子供は? もうなんともないの?」

声をかけて貰《もら》えた事にほっとして、平常心を取り戻していく。レイラはソウの手の中にある箱、ポロを見遣《みや》った。この中に、レイラの子供がいるのだ。

「ええ。あと三ヶ月もすればポロから出られるそうですよ。魂の定着はもう完璧らしいですから、あとはこの子に生きる意志さえあれば、無事出て来れるだろうとお墨付きをいただいたので、戻って来ました」

三ヶ月。レイラの胸が小さく痛んだが、何も考えるなと自身に言い聞かせる。目の前のソウだけ、見ていればいい。

「子供、見たんでしょ？　どうだった？　やっぱり男の子だったとは聞いてるけど」

「本当に小さくて驚きました。まだ殻の形成が終わっていなくて、容姿などについてはなんとも。ただ、どうやら黒髪のようには見受けましたが」

「ソウが黒髪だもの。姿もきっと、貴方《あなた》にそっくりになる」

「折角二つの血が混じったのですから、レイラにも似た部分があるといいですね」

とんでもない事を言うソウに、レイラは卒倒しそうになる。

「あ、それは駄目。泣きそう」

「は？」

不可解そうに笑うソウが愛おしい。首を長くして待ったこの瞬間が、幸せ過ぎて怖い。

ソウは箱を丁寧に机に載せ、マントを脱ぐ。マントの上からでは分からなかったが、手足を中心とした傷が数えきれない。どれも上手《うま》く避《よ》けたのだろう、致命傷に至るような深い傷はないが、何度危険な目に遭遇すれば、これ程の数の傷になるのか想像もできない。その多くは血が止まり傷も塞がりかけているが、所々には真新しくて血が滲むものもある。

「痛くないですから、大丈夫ですよ」

「手当はしなくちゃ。服脱いで」

「レイラの前で脱ぐのは憚《はばか》られますが」

「それまだ言うの!?」

「湯浴みをと思っていますので、今手当をして頂いても直《す》ぐに取りますけど?」

「ごちゃごちゃ言ってないで早く脱いで」

ソウはレイラの言葉を信じてか、それ以上は深く言及せずに、上着を一気に脱ぎ捨てた。少し胸が揺れたが、深呼吸で自分を鎮める。ようやく勝ち取ったソウの信頼を、ぶち壊す訳にはいかない。

「それでは、腕をお願いできますか?」

「え、ええ。もちろん」

「目が泳いでますよ」

「ば、ばばばばばか言わないで！　このあたしが、裸の上半身くらいで心乱されるわきゃないでしょ!?」

「声も上ずってますよ」

──からかわれている。くすくすと笑う仕草が可愛《かわい》らしくて、レイラは一度胸を押さえた。駄目だ、胸が苦しい。

「……ソウに殺される」

「はい？」

「窒息死しそうよ。久々の本人登場に、弱りきった耐性じゃ戦えそうにないわ。妄想では太刀打ちできない破壊力」

「何を言っているのか分かりません」

相変わらず、ずばりと一蹴してくる。それすらも懐かしくて心地よい。

「そう言えば、舛小家の主子様は、あの後何事もなくお帰りに？」

「誰？」

レイラが問うと、ソウは呆《あき》れたように言った。

「レイラを娶《めと》りたいと言っていた、主子様ですよ」

今の今まで忘れていた。レイラが早産した直接の原因になったかも知れない、ソウと酒の対決をしたあの男だ。

「あーいたわね、そんなの。さあ、そう言えばどうなったんだっけ」

「レイラはあれから、何日眠っていたんですか？」

「十日よ。ソウが出て行ってから、九日とケイは言っていたわ」

「そんなに。滞りなく帰路に就かれたから、わざわざレイラの耳に入れなかったのでしょう。私もご挨拶出来ませんでしたから、いずれ舛小家を訪ねてみます」

さらりと凄《すご》い事を言う。普通は主子に目通りなど叶《かな》わない。

包帯を巻こうとして、爪の先がソウの肌に触れて心臓が跳ね上がる。悟られやしないかと冷や冷やしながら、レイラは緊張に震える手で止血を行う。ただ巻くだけだ。出来ぬはずがない。だが、時折触れるソウの人肌に、レイラの熱が上がるのは避けられない。

飛びつきたい衝動を堪《こら》えつつ、レイラは問う。

「ソウは、今までどこに？　略族を頼ったの？」

「ええ。魂族の方を紹介していただきました。殻の形成が概《おおむ》ねうまくいっていてくれたので助かりました。結びの部分に関しては、魂族の方がうまく処理を。代わりに拘束された時間が中々に苦痛で、もう関わり合いにはなりたくない方でしたね」

「何をさせられたの？」

「些《いささ》か変わった方で、美しいものを愛《め》でるのが好きなのだそうです。お眼鏡に適《かな》ったままでは良かったのですが、毎日毎日着飾られては眺められ。時折諜報《ちょうほう》活動を申しつけられましたが、その方がどれだけ楽であったか」

略族。おそらく気が合う。そう思ったが、勿論《もちろん》口には出さない。

「あ、男ですよ」

ソウが付け足すのを聞いて、レイラは笑う。

「実は気になっていたの」

「だと思いました」

ソウはレイラの巻いた包帯を見遣り、感謝の言葉を述べた。どう贔屓目《ひいきめ》に見ても上手くはないが、ソウは巻き直す事なく上着を羽織る。それが妙に嬉しい。

「レイラは今までなにを？」

「え？ えーっと」

まさか、当主の引き継ぎをしていたとは言えない。そこでふと、ソウはいつまでここにいるつもりなのか、それが気にかかった。レイラとしてはいつまでもいて欲しいが、よくよく考えてみれば、長居をされるとレイラの死に立ち会わせる羽目になる。

今更ながら、レイラは青くなる。

「レイラ？」

「あー、えっと。特に何も。氷国の大官長様に謁見したり」

「氷国の大官長様ですか？ それは素晴らしい。またお話を聞かせて下さい。先にこれ、いただいても？」

ソウは、冷めきった料理を指差す。そう言えばお腹が空いたと言っていたのを、つい話し込んでしまった。

「冷めちゃったけど」

「構いません。いただきます」

ソウは綺麗《きれい》に手を合わせ、料理を口に運んだ。ソウの反応も気になったが、今はそれよりも、ソウがいつまでここにいるつもりなのかが気になって仕方がない。

行かないで欲しいのに、いてもらっては困る。その葛藤で、レイラは胸が気持ち悪くなる。

早く帰れなどと、口が裂けても言いたくはない。一秒でも長く、レイラの側にいて欲しい。しかし、それではレイラの死を彼に知らせる事になってしまう。彼の、重荷になってしまう。

「美味《おい》しいです」

ソウが笑顔で言う。ソウが作ったものの方が、美味しいのに。彼はこんなにも、優しい。

「ソウは」

いつまでいられるの。

そう、言葉が続かない。

「はい？」

「優しいわね」

「は？」

だからこそ、教えたくないのだ。レイラの死を。

口ごもるレイラを見て何を思ったのか、ソウは料理を口へと運びながら言う。

「間もなく暗が来ます。話は明日にしましょう。レイラは先に、休んで下さい」

「え？　平気よ。まだソウといたいわ」

「顔色が悪いですよ。私はもうどこへも行きませんから、明日、話しましょう」

レイラは唇を噛《か》む。明日などないかも知れないとは、言えない。

レイラは頭《かぶり》を振る。大丈夫、大丈夫だ。そう簡単に死ぬものか。つい脳裏を過《よぎ》ってしまう「明日」という言葉を振り払おうと、明日の事は考えるなと、氷国王の顔を、言葉を思い出す。ここまで来たら、気持ちの問題だ。死なない。そう自分に言い聞かせていれば、それはきっと叶うはずだ。そう信じるしかない。

「ソウと、寝たいわ」

ソウが、視線だけをこちらに向ける。

「最近、貴方が心配で心配で、正直あまり寝てないのよ。手を繋《つな》いでいて。それだけでいい。貴方を側に感じていたいのよ。安心が欲しいの」

ソウは手を口元にやり、咀嚼《そしゃく》をしながらこちらを見ている。上目遣いに見られると、小動物のようで抱きしめたくなる。

「お願い」

レイラが繰り返すと、ソウは料理を飲み込んでから言った。

「分かりました」

「本当!?」

「ええ。理由はともかく、確かにあまり寝ていないようですし。それで眠れるのなら」

どきん、と胸が跳ねる。なぜ、理由はともかく、などと言うのだろう。ソウは、何か勘付いているのだろうか、やけにこちらを窺《うかが》うように見てくる。その視線が心臓に悪いのに、ときめく自分に些か呆れる。

ソウは食事を終えて立ち上がる。

「どうして戻ったばかりの私よりも顔色が悪いんです？　もう休んでください」

「そ、そうね。そうよね」

緊張して来た。

「どうぞお先に。折角レイラが手当をしてくれましたが、私は湯浴みをして着替えないと、流石《さすが》にこれでは寝られませんから」

「あ、はい」

手を繋いで眠るだけだというのに、心臓が蕩《とろ》けそうだ。これしきの事で体が震えるなど、生娘でもあるまいに、我ながら情けない。

ソウが視界から消えると、ぽつんとレイラは一人になる。静寂の中にあると、途端に心細くなった。つい余計な事を考えて、気が滅入《めい》ってしまう。

レイラはソウを追いかける。湯浴みの音が響く風呂場の外扉の前に蹲《うずくま》り、彼の気配を辿《たど》る。水が跳ねる音で、ソウを感じる。

一人はもう、耐えられない。

人の温《ぬく》もりが欲しい。もういつ死んでもいいと思えるような、そんな夢に浸りたい。迫り来る死は、どんなに否定しても恐ろしい。だから、抱きしめていて欲しい。消えてしまわないように、繋ぎ止めていて欲しい。

「そこで、なにを？」

いつの間にか、髪を濡《ぬ》らしたソウが、怪訝《けげん》な顔つきでレイラを見下ろしている。レイラは笑ったつもりだったが、涙でソウが滲《にじ》んだ。

「……ちょっと」

ソウから、ふわりと良い香りがした。しゃがみこみ、レイラと目線を重ねてくれる。その細い指が、レイラの涙を拭う。

「何をそんなに怯《おび》えているんですか？」

怯えている、これ以上ないほどに。やはりソウには、レイラの様子がおかしい事など直ぐにばれてしまう。元々、嘘《うそ》は苦手だ。

レイラはその首に手を回し、顔を肩に埋《うず》めた。しっとりと湿った肌から、熱が伝わってくる。

「離さないでいて。どうか、離さないで」

死ぬまで。願わくはレイラが死ぬまで、側にいて。

それが、レイラの本心だ。彼に重荷を背負わせないよう隠しておきたいというのも、もちろん嘘ではない。だがそれよりも強く、最期を、彼の手を握って迎えたいと思っている自分がいる。そうしたら安らかに、逝けるのに。

ソウは何も言わずに、ただそっと、レイラを抱きしめてくれた。

※

目が覚めるとまず、今日も生きていた。そう思う。

生ある事に安堵《あんど》し、しばらく無機質な天井を眺めるのが最近の日課であったが、今日は違う。

レイラの手を握る者がある。首だけをそちらに向けると、寝息も立てずに深く寝入っている、ソウの寝顔がそこにはある。その手はしっかりとレイラの手を握り、枕に流れる黒髪が艶《つや》やかに光っている。

目が覚めてそこにソウの顔があるのは初めてで、レイラは幸せの笑みを漏らす。薄く閉じられた唇は柔らかそうで、固く閉じられた瞼《まぶた》には長い睫毛《まつげ》がかかっている。頬に一筋流れる髪、呼吸をするたびに定期的に動く胸。その全てが愛おしくて、レイラはその寝顔に見入る。

その頬に触れたいが、気配を感じてソウは起きてしまうかも知れない。レイラは息を殺して、身動き一つせず、ただじっと、ソウの寝顔を見ていた。

繋いだ手を振りほどけるはずもなく、レイラは、小一時間はソウを眺めていた。彼はレイラの手を掴《つか》む反対の手の甲をおでこに当て、色っぽい息を漏らしながら薄《うっす》らと目を開けた。そのまま目を擦り、首だけをレイラに向ける。

「おはようございます、レイラ」

「おはよ」

なんだか照れ臭い。

「よく眠れました？」

「お陰様で。ソウも、よく眠れた？」

「お陰様で」

ソウは薄らと笑って、レイラの言葉を繰り返す。我慢の限界に達し、無防備なそのおでこに口付けをすると、ソウは擽《くすぐ》ったそうに身を捩《よじ》った。

「何もしないのでは？」

「何もしてない。寝惚《ねぼ》けてるんじゃない？」

空惚《そらとぼ》けてみせると、ソウは可笑《おか》しそうに笑む。本当に寝惚けているのか、嫌がる様子はない。

「目が覚めるって、こんなに幸せな事だったのね」

レイラがソウの手を握る手に少し力を込めると、ソウが優しく握り返してくれた。昨日までとは違う。ソウがいるから、こんなに幸せなのだ。

ソウはしばらく体を休めていたが、のっそりと体を起こした。レイラもそれに倣う。

「レイラ」

「なに？」

ソウはレイラの手を離す事なく、寝台の上に座ったまま言う。

「私は、いつまでここにいたらいいですか？」

「え？」

レイラはソウのその一言で、あっという間に微睡《まどろ》みの中から引きずり出される。ソウも、既に先程までの寝惚《ねぼ》け眼《まなこ》の彼ではない。しっかりと目を開き、真剣な眼差《まなざ》しでレイラを見ている。

「どういうこと？」

「そのままの意味です。貴女《あなた》は私に、いつ帰って欲しいですか、レイラ」

レイラは青くなる。

どれだけ思い返してみても、彼を手放す時期に関する質問をした記憶はない。尋ねたいと思った。だが同時に尋ねられないとも思った。その葛藤の末に答えを保留にしたはずなのに、ソウはなぜ、そんな事を聞くのだろう。

「どうして、そんな事を聞くの」

「貴女は聞かないでしょうから、私が聞くのです。子供はもう大丈夫です。きっと無事に育つ。だから私は、貴女の望むようにしましょう。いつまでこうして、手を握っていて欲しいですか、レイラ」

気付いている。

もしかしてソウは、レイラの定めに気付いているのだろうか。この村に来た時は、確かに知らなかったはずだ。そんな素振りは一度も見せたことがない。否、ソウに騙《だま》されていただけで、彼はもしかすると最初から知っていたのだろうか。

いや、気付いていないかも知れない。なにか別の理由があって、そんな事を言っているだけかも知れない。レイラが死ぬと知っていると考えるのは早計だ。

とにかく今、何と答えるべきか、咄嗟《とっさ》に判断ができない。

「いつまでも、握っていて欲しい」

嘘ではない。この手をもう一度たりとも、離さないで欲しい。

ソウはレイラを観察するように見つめ、不意に視線を逸《そ》らして言った。

「私には、そう長く時間は与えられていません。主人には、子供が無事に産まれたら戻りますとだけ伝えて、許可をいただいています。具体的には、子供は半年で産まれるという話ですので、半年程度と出立前に申し上げました。現状、早くなりましたが子供は既に産まれ、もうこれ以上私が子供の為《ため》に出来る事はそうありません。ですから、どうしましょうかという相談です。多少の融通はききますから、貴女に都合があるようでしたら合わせますが」

「……ああ、なるほど」

レイラは安堵しつつも、どこかでソウは気付いているのではないか、という違和感を拭いきれない。だが、この村の者が告げるはずはない。きっと、考え過ぎだ。心に疚《やま》しい事があるから、ソウの真《ま》っ直《す》ぐな目を見て、勝手に悪い方へと考えてしまっているだけだ。

「いつまでに出発したら間に合うの？　その、主人との約束には」

「既に半年は過ぎていますので、そう長くはいられません。……そうですね、あと十日くらいなら」

微妙なところだ、レイラの寿命という観点から言えば。だが、もうあと十日しかソウといられないかと思うとそれはそれで苦しい。

なにか兆候があればいいのに、とレイラは独り言ちる。ソウがいなくなって、何日も屍《しかばね》のように生きるのはつらい。ソウを送り出して、直ぐに死にたい。何か兆候さえあれば、そのタイミングを見計らう事が出来るのに。

レイラは賭けに出る。大丈夫。あと十日くらい、死にはしない。気合いで生きてやる。

「では、丁度十日後に。約束通り貴方《あなた》を送り出すわ、ソウ」

「分かりました」

ソウは寝台を降りようと、レイラの手を離しかける。それを慌てて握り直し、レイラは言う。

「十日よ。あと、十日。出来るだけこの手を、離さないで」

「……分かりました、レイラ」

きゅっと握られたその手は温かく、震えるレイラの手を優しく包み込んだ。

その日から、レイラはソウとの最後の時間を楽しんだ。

仕事の引き継ぎはすっかり終わらせていた為に、ケイが全てを引き受けてくれた。流石に死が間近に迫って来ているとなると、いかな彼女でも気を遣ってくれるらしい。あと十日でソウを送り出すと告げると、その間の仕事は任せろと言ってくれた。

レイラは朝目覚めると、ソウの作った食事をいただく。他愛もない話をしながら、子供の為の服を一緒に作った。ソウは出来ない事は特にないと言うだけの事はあって、レイラに比べて明らかに裁縫も上手《うま》かった。否、レイラに才能がなかったといってもいい。

ソウはレイラに裁縫を教えがてら、作りかけの玩具を仕上げた。男の子であると確定してから完成させるつもりであったらしく、作りかけのものを幾つか男の子仕様へと塗り、完成させていく。

時には村の中を散策し、食材を貰《もら》って来てはレイラに料理も教えた。そんな、穏やかで他愛もない、夢にみた日々が優しく過ぎていった。

死を思うと夜も眠れなかった。

だがこうしてソウの手を取り、変わりない村を散策していると、本当に自分は死ぬのか、という疑問が湧く。体は至って正常で、痛くも苦しくもない。たかだか十三人続いただけだ、と思えなくはない。レイラにも当てはまるとは、限らない。

一人でいるとネガティブな事ばかり頭を過《よぎ》るが、二人でいる時は驚くほどにポジティブな自分がいる。いかんせん兆候がないのだ。お気楽にもなる。そしてそれは、ソウとの最後の時を笑って過ごすためには、必要なものだ。

「ソウには、自由な時間ってあるの？」

レイラは代わり映えのしない、見慣れた村をぼんやりと眺めながら問う。

「仕事の合間という意味ですか？　ありません」

「少しも？」

「主人が起きていらっしゃる間は護衛や、命じられた仕事を。お休みになられてからも、暗が深くなるまではお側《そば》に。もう出歩かれたり、命令がない事が確実な時間になってから、自分も休ませていただきます」

「では全く、自分の時間はないのね」

そうでもありません、とソウは言う。

「たとえ時間をいただいても、主人が心配で何事も手につきませんから常にお側にあることを心掛けますが、時折、主人が明らかに私のための命令を下さいます」

レイラが沈黙で続きを促すと、彼もまた、村を眺めながら言った。

「街の視察をお命じになったりだとか、まあそういった類の事です。何も思いつかれない時には、とにかく三時間ほど城を出ていてくれ、と適当な事をおっしゃる」

「そういう時には、何をするの？」

「特には。街の様子を眺めたり、新しく出来た道がどこへ繋《つな》がっているのか、ただ歩いてみたり。私は仕事を与えられないと、何もすべき事が分からないのです」

そうして考えた事も、結局は主人のためになる事なのだ。街の様子がおかしければ主人に伝え、いざという時に困らないように道を把握しておく。主人のために、それが体に染み付いて、ソウを離してはくれないのだ。

「こんなに長く離れて、心配？」

「私などいなくても、あの方は立派に政務をなさる。ですが、気にはなります」

レイラは、空を眺めて言う。

「貴方は、さる城に仕える護衛武官なのね。そしてそれは、家主なのか、主子なのか、一城の要人で。ソウはきっと、あたしが思っているよりも凄《すご》い人なのでしょうね」

ソウは、答えないと思った。彼は自分の主人に繋がる事は何一つ、言いたがらない。だからこれはレイラの独り言で、ソウはレイラの呟《つぶや》きを流すだろうと、特に答えを求めて発言をした訳ではなかった。

「レイラのご推察の通り。私は雷国のさる主子様にお仕えする、護衛武官です」

ぽつりと言ったソウに、レイラは言葉を失う。驚き過ぎて黙り込むと、ソウは視線をこちらに向ける。

「レイラ？」

「……あ、いや、答えてくれるとは思わなかったから」

「ええ。答える気などありませんでしたが。貴女といるのもあと僅かかと思うと、置土産の一つでもと思ったまでです。貴女は私の主人に迷惑などかけないと、信じてます」

信じる。そんな言葉が、ソウの口から漏れるとは夢にも思っていなかった。嫌悪から始まったソウのレイラに対する心証は、とうとうなによりも大切な主人の事を少しでも話して良いと思える程に回復したのだ。それは、レイラがソウを本気で愛し、決して裏切らないだろうと、彼が感じた事に同義だった。

「大丈夫よ、絶対に、押しかけたりしない。子供には、そう伝えてもいい？」

ソウは口を閉ざし、何かを考える素振りを見せた。そして暫《しばら》くして、意を決したように顔を上げる。

「もしも、もしも止《や》むに止まれぬ事情で、子供が私を頼らざるを得ない状況になったら」

ソウの強い目がレイラを心臓ごと射貫《いぬ》いた。

「雷国鵡《ぶ》大家、光鵡《こうぶ》様の護衛武官ソウを訪ねろ、と」

「鵡、大家？」

ソウは真っ直ぐにレイラを見る。それはまさか。ソウの大切な主人の事か。

鵡と言えば、雷国の格式高い名家だ。外の世情に疎いレイラでも知っている。その光鵡と言えば、次期当主と名高い、鵡族長の次男坊である。

「護衛武官の、ソウ？」

「私の名です」

「ええ？　だって、ソウは、あたしが」

「私の名です。たまたま、レイラが私の名を言い当てた時にはひやりとしましたが。どこで調べたのかと、正直疑いました」

次期大家当主の護衛武官。それは、今でこそそこそこの身分であろうが、ソウの主人がもしも大家主になどなろうものなら、ソウ自身も正七位《せいなない》を賜るかもしれない身の上だ。伽羅も商売を始めてしばらく経《た》つが、正八位を超える男は、まだここを訪れた事がない。

氷国王は、次元の違う話だ。

「名を、くれるのね」

レイラは唇を噛《か》みしめる。最近緩みきっている涙腺を止めるのに、必死だ。

「貴女を信じます、レイラ。私が出来るのはこれくらいですから。子供への、贈り物に」

ありがとう、とレイラはかろうじて呟く。

名を名乗るのは、信頼の証《あかし》。レイラはついに、このソウの信頼を勝ち取った。それがなによりも誇らしく、胸がじんわりと熱くなる。

もう思い残す事など、ない。

※

穏やかに緩やかに、日々は過ぎていく。

それからも、特別に何かをしたわけではない。ただポロを眺めながら子供について話したり、ソウの作る料理を手伝ってみたり、並んで散歩をしたり、何をして過ごしたのかと問われれば、特になにも、と答える他ない。

ソウは時折何かを考えるようにぼんやりとしていたが、そんなソウの横顔を、レイラはただ眺める。それだけの事が幸せで、レイラはもう、自身が生き残るための策を模索する事を完全にやめた。それを探す事でソウに気付かれる事を恐れたのが一つ、ソウとの時間を一秒たりとも潰したくなかったのが一つ、思い残す事がないのが、一つ。

ソウは、レイラが手を握ると、それを決して自分から離す事はしなかった。レイラが眠りに落ちるまで、ずっと握っていてくれる。朝起きると、既に目を覚ましているソウが、やっと起きたかと言わんばかりに苦く笑って、おはよう、と言ってくれる。レイラが起きるのを、手を握って待っていてくれる。

神は最後に、これほどまでの幸福をレイラに与えた。ソウがいなくなったら、その瞬間に眠るように死なせて欲しい。それでレイラは、十分に幸せだ。

歴代の当主が死んでいった、三ヶ月という時間。レイラはなんとか、今日も生き延びた。過去の当主が残した最短記録に間もなく追いつくレイラは、本当にもう、いつ死んでもおかしくないところに足を突っ込んだ状態だ。なんとかソウが帰るまでと願い続け、いよいよ明日、ソウはこの村を出ていく。

実感はない。明日ソウがいなくなる。だが、それと同時にレイラは死ぬ。ソウを失った瞬間に、死ぬ。漠然とそんな予感がある。否、予感ではなく、希望だ。

死ぬ事はもう、怖くなどなかった。子供の顔を見られなかったのが唯一の心残りであるが、きっとソウによく似ている。生きていてくれるなら、レイラの血を後世に残してくれるならそれでいい。

レイラはソウの作ってくれた食事を噛み締めながら、彼の食べる姿から目を離さない。目でソウを、鼻で彼の香りを、口で彼の料理を、耳で彼の声を、指先から彼の体温を、使える五感をフル稼働して、ソウを体に焼き付ける。

「レイラ、そんなに見られていたのでは食べにくくて仕方がありません」

「今に始まった事じゃないでしょ」

そうですけど、とソウは肩を竦《すく》めながら、口を動かす。ポロを抱えて戻ってきた時は窶《やつ》れてしまっていたが、すっかり元の彼に戻った。初めて会った時のまま、清らかで美しい。

「レイラは、この村で伴侶を探さなかったんですか？」

「なに、急に？」

「いえ。前から思っていたのですけど。レイラに熱い視線を送る男性も、ちらほらいるようですから」

「ああ。あたしもそれなりに人気はあるのよ」

「そのようですね」

村の男に求婚された事もある。

「当主になってからは一人だけだけどね」

子供を産んだら死ぬからだ、とは言えないが、実際それが要因であると思う。レイラを娶《めと》ったところで子供は望めず、それを手にする事はすなわち、レイラを失う事だからだ。

逆に、全てを承知で求婚をしてきた一人は、猛者《もさ》と言わざるを得ない。

「なぜ？」

「さあ。単純に怖いんじゃないかしら？　当主は力も強くなるし」

「レイラは直《す》ぐに八つ当たりを始めますからね」

「そんなことは、まあ、ある」

レイラは苦く笑う。だが、突然どうしてそんな事を聞くのだろう。

「その一人というのは、もしかするとまだレイラに未練があるのでは？」

「さあ、どうかしら。でも、それがなに？」

ソウは空を見つめながら、一度黙り込む。ソウがこの手の表情を見せる時は、彼の中で何か大きな決断をする時だ。名を教えてくれた時も、こんな真剣な顔をしていた。

「気を、悪くしないで欲しいんですが」

「うん」

「その彼と、枕を共にする事は出来ないですか？」

「……はあ？」

「まあ、そうですよね」

レイラは驚き、ソウはその反応を当たり前ととって直ぐに肩を竦めた。

「レイラが怒るのも当然ですけど、一応考えがあって。聞いてもらえます？」

「怒ってなんてないわ。ただただ呆《あき》れてるのよ。貴方《あなた》以外の男になんて抱かれるつもりはないのに、それがまだ伝わっていなかったなんて、流石《さすが》のあたしも貴方の鈍さに呆れるわ」

「いえ、伝わってはいますけど。でも敢《あ》えて、言ってます」

「それが分かってて、それでも敢えて他の男に抱かれろって？　明日いなくなるからって、憐《あわ》れみのつもりなの？　他の男を愛して、出来れば自分の事は忘れてくれって事？」

レイラが立ち上がると、ソウは座ったまま体ごとこちらに向き直る。

「そんなつもりは全くありません。ですが、ここ数日ずっと考えていましたが、私に貴女《あなた》は抱けません。しかし、万に一つの可能性があるならば、それを試さない手もないと思うのです」

「意味が分からないわ、はっきり言って頂戴！　一体何の話!?」

レイラは泣けてくる自分を鼓舞するように、叫ぶ。こんなにも愛している男から、他の男を紹介されるなんて、こんな苦しみはない。

レイラ、とソウは優しく言って、レイラの手を両手で握り、真っ直ぐにこちらを見る。その目に射貫《いぬ》かれると、レイラは立っていられなくなる。脚が、震える。

「なんなの、ソウ。あまりにも酷《ひど》い仕打ちだわ」

「すみません。言うべきか黙って去るべきか、随分悩みました。でも、それでも可能性に気付いてしまったからには、やはり言うべきかと思って」

そっと、レイラの涙を掬《すく》う指は優しく、少し困ったような顔が愛おしい。

「なんの、可能性なの」

「貴女が、助かる可能性です」

レイラは目を見開く。ぽたぽたと、溜《た》まった涙が続いて落ちて、涙が引っ込むと同時に息苦しくなる。

「……え？」

「貴女が死なずに済む方法ですよ、レイラ」

すっと、背筋が寒くなる。やはり、幾度となく不審に思ったレイラの勘は間違ってはいなかった。彼は気付いていたのだ。レイラが死ぬ事を、ソウは知っているのだ。

「どうして」

「すみません。路族の元に滞在中に耳に挟み、知ったんです。当主は、子を産むと長く生きられないそうですね」

では、ここに戻ってきた時にはもう、知っていたのだ。

「なん、だ。知ってたの」

レイラは乾いた笑みを浮かべる。道理で添い寝が断られなかった訳だ、と妙に納得しながらも、知らないでいて欲しかったと思う。

「だからって、ソウがこの子を引き取るだなんて言わないで。貴方の重荷には、なりたくないのよ」

「ええ、貴女はそう思っているのだろうと、思っていました。だから何も知らないふりをして、そのまま伽羅を出て行くか迷っていたんです」

ソウは申し訳なさそうに目を伏せたが、やはりまたレイラの目を見つめ、続けた。

「思えば貴女は、一度も自分で子供を育てるとは言わなかった。伽羅で育てる、と、よく思い返してみると、いつもそんな風に言っていましたね。気付いてあげられなくて、申し訳なかったと思っています。ずっと、一人で苦しかったのでしょうね」

「苦しくなど、ないわよ。貴方がいない苦しみに比べたら。言ったでしょう？　命を懸けて、貴方への愛を証明すると。自分で選んだ死なのよ。貴方は何も責任を感じる事はないし、感じて欲しくないわ」

ソウはレイラの手を握ったまま、レイラを椅子に座らせる。向かい合って座ると、ソウの睫毛《まつげ》の数までも数えられそうだった。

「ずっと考えていたんです。貴女が助かるかも知れない可能性に直ぐに気付きながら、それを実行するかどうかを。そして、私には出来ないと思った。だから、他の男を勧めた」

「助かるかも知れない、可能性？　他の男に抱かれる事が？」

「そうです。私の仮説はこうです、レイラ。伽羅の当主は、卵を司《つかさど》る。伽羅の個体数が著しく減った時に、伽羅を守るように当主は現れましたね？　例えば、当主という存在を生んだ者を天としましょう。天は、伽羅を守るために当主をこの世に送り出されましたが、それと同時に弊害も起こりました。何か分かりますか？」

「弊害ですって？　何もないわ。当主の出現で伽羅の人権が築かれ、尊厳が守られた。何も悪いことなんてない」

「いいえ、あります。当主が現れるまでは、卵が凍結される事はありませんでした。それ即《すなわ》ち、男女が交われば交わるだけ、次々と子供が出来た。違いますか？」

「まあ、それはそうだけど。それがなに？」

レイラは首を傾《かし》げる。ソウの言いたい事が、まだ分からない。

「個体数の維持ですよ、レイラ。伽羅は次々と子供を産み、この世界の人口を調整してきたのです。だが、卵を凍結する事によって、伽羅が産む子供の数は著しく減少したはずです。それがたとえ権力者の横暴の末に産まされた子であろうと、そうでなかろうと、伽羅が産み落としてきた子供の数が圧倒的に減った。卵を凍結したまま、子供を作らずに枕を交わす回数が伽羅全体で増えたと、子供の増加が収まって来ていると、確かそのような事を言っていましたよね？」

言った。レイラは頭の中で即答する。ケイが以前、産むもの産んで伽羅に貢献してるでしょう、と叫んだ事がある。深くは考えなかったがそれは確かに真実で、昨今では伴侶を得て嫁に行くまで、卵を凍結しておいて欲しいという者が大半だ。結果、子供の数は一時期の、産めよ増やせよを推奨していた頃に比べ、大幅に減っている。

レイラの無言を肯定ととったのか、ソウは続ける。

「性欲のままに事をなせば産まれていたはずのものが、当主の出現で産まれなくなったのです。そうして、この世界の均衡は破られた。伽羅の尊厳は手に入ったが、代わりに世界は、多くの産まれるはずだった子供を失い、個体数が大きく変動し始めてしまった。それを世界的にみると、弊害と捉える事が出来ます」

「そんな事を言ったって、それじゃあ伽羅は尊厳を得る事など出来なかったわ。それとも、伽羅の誇りなど二の次で、やはり世界のために犯され続けていれば良かったというの？」

「いいえ、そうではありません。伽羅の尊厳、それを否定はしませんが、事実として、伽羅の産む子供が減った。今はその事が重要なんです。産む子供が犯されて出来た子か、愛する伴侶の子供か、レイラの命に関わる問題はそこではないんです。伽羅が子供を産まなくなった事に警鐘を鳴らしている、それこそが当主の死なのではないですか？」

レイラは、ソウの言葉を反芻《はんすう》する。

レイラが死ぬのは、当主が死ぬのは、伽羅が子供を産まなくなったから？

「警告なのですよ、おそらく。子供を産んだら死ぬ、というのは、間違いなんです。そうではなくて、私はこう考える。子供を産まなければ、死ぬのです」

ぞっとする。ソウの言葉の真意が分からないのに、的を射られたような気がした。どきん、と動悸《どうき》が速くなる。

「伽羅が子供を産まなければ、世界はいずれ終わる。それを教えるために、当主が子供を産むように天は試練を授けた。今までの当主も、何故《なぜ》か子供を産んでいますね。卵を凍結出来るにも拘《かか》わらず、敢えて子供を産んでいます。一人目や二人目の当主ならまだしも、当主は子供を産むと死ぬとされているにも拘わらず、先代も、その前も、そしてレイラ、貴女も敢えて、子供を産んだ」

それは、貴方が現れたから。

ソウが現れた時に思った。この人の子供が欲しい、と。だから、卵を凍結するなどと言うことは、思いつきもしなかった。する気が起こらなかった。それはきっとレイラだけではなく、先代の当主達にも唐突に訪れた、運命の出会いであったに違いない。

「天は当主に、子供を産ませる事にしたのです。伽羅族が産まなくなったことへの警告の意味を兼ねて、どんどん子供を産めと、そういうつもりで天は、当主に三ヶ月という時間を与えた。産婆さんに尋ねてみたのですが、子供を産むとしばらく、女性は妊娠出来ないそうですね？　そして再び妊娠出来るようになるのが、だいたい三ヶ月後だとか」

そう、三ヶ月だ。そのくらいで、再び子供を望めるようになる。

レイラは言葉がない。頭の中でだけ、返事をする。

ソウは真っ直ぐに、レイラを見ている。

「子を産んで三ヶ月後に死ぬのは、天の怒りなのですよ。子供を産まないのなら、死んでしまえという、猛烈な怒り。尊厳を与えようと当主を遣わしたにも拘わらず、当主はその力を、尊厳を守るためだけに使わなかった。結果、人という個体数が減っている。天は、怒っているのですよ、レイラ。こういった例は、実は他の種族にもあります。突然大きな力を得る種族や、爆発的な力を突然手に入れた者などにその傾向は顕著なのですが、必ずといっていいほど代償がある」

ソウは声に抑揚なく、一定のトーンで穏やかに続ける。レイラの心を乱さないようにという配慮なのか、落ち着いた声で淡々と言葉を紡いだ。

「そうですね、例えば、堅族《けんぞく》という種族。自らの身を守る結界を張る事が出来る一族で、その結界で防げぬものはないという程に頑丈だったそうですが、結界を張る事が出来るのは自身の身の回りだけに限られていたそうです。血の能力を使いこなせない子供は、自分を守れなかった。そこに」

あまり聞きたくない事態が起こりそうでレイラは苦い顔をしたが、ソウは抑揚なく続ける。

「未曾有の大水害が起きたそうです。大人は結界を張れば、たとえのみ込まれようとも水が引くまで耐える事が出来た。しかし子供はそうもいかない。とある母親が天に祈ったそうです。一族を、子供達を助けて欲しいと。天はその瞬間、その母親に強大な力を与えました。自身にではなく〝村全土〟を結界で覆う事に成功したそうです」

「……母親は、どうなったの」

伽羅でいえば、その母親なる女性は当主にあたるのだろう。突然強大な力を得る事になった彼女がどうなったのか、聞かずにはいられない。

「幸い一族は水害を免れました。女性もその後なんなく生きたそうですが、力とはあったら使ってしまうものです。彼女は水害が収まった後も村に結界を張り続け、村はあらゆる外敵、災害から守られたそうですが、一族の者達は一人、また一人と感染するように個人の結界を張る力が弱まっていったそうです。強大な結界の中ですから個人の結界など些末《さまつ》な問題のようですが、伽羅の当主とは違って、その女性の死後、強大な力は他の者に継承されることなく、結果として彼らは絶滅した。命がという意味ではなく、その能力という意味で」

「能力が、なくなってしまったということ？」

「一族の力を吸い取る形で、女性は強大な力を得ていたに違いないと言われますね。なんにせよ、水害を防ぐために瞬間的に与えた力を、女性は以後も慢性的に使い続けた。彼女が生きているうちは平穏な暮らしが約束されていたのでしょうが、そこで一族の繁栄は終わりました。他にもありますか。伽羅に状況が近しいものでいうなら、耕族《こうぞく》」

聞きますかとソウが目で問うて来たので、レイラは無言で頷《うなず》き、続きを促した。

「農業が行えないと言われる酷い土壌にあって、彼らは作物を育てる事が出来たといいます。簡潔に言えば、土壌に命を宿す一族、それが耕族です。戦時中というのは、土壌も酷く荒れる。挙《こぞ》って彼らを各地で取り合っていたと言います。全土で大きな戦乱の世となった折、彼らは奪い合うようにして乱獲されたそうです」

権力者というものはいつの時代も横暴な、とレイラは腹立たしさを覚えつつ、じわりと手にかいた汗を握り込む。話の流れからして彼らにも当主に近しい存在が現れるのだろうが、彼らがどうなったのか、その結果はレイラの結末に大きな影響を与える推測を齎《もたら》す事になる。

「ご想像通り、大きな力が働きました。ややこしいので敢《あ》えて、彼らの中に現れた力を与えられし者をここでは当主と呼びましょう」

レイラが頷くと、ソウはやはり淡々と、事実だけを述べ始める。

「耕族の当主に与えられたのは、土壌を〝殺す〟力でした。耕族の当主が殺した土地は、二度と人の手によって農作物を育てる事が出来なかったそうです。そしてまた、当主が殺した土地は、当主によってしか復活させる事が出来なかった。当主は勇んで土地を殺し始めました。見返りに、各地へと攫《さら》われていった一族の返還を求め、手当たり次第に土地を殺したそうです」

「……当主を殺してしまえとは、ならなかった？」

「さてどうでしょう。解決策の一として、そういった事例もあったかもしれませんね。伽羅と同じく、耕族の当主の力は前の当主の死と同時に継承されていきました。中には殺されて死んだ当主もいたのかも。とにかく、死んだ土地を呆然《ぼうぜん》と見遣《みや》り、返還に応じる者達が出てきました。そうして耕族は再び結集し始め、復興の為《ため》に、死んだ土地を蘇《よみがえ》らせる為の金銭を要求し始めます。伽羅のように次々子供が産まれるわけではありませんでしたから、急激な繁栄が齎された訳ではありませんでしたが、ともかく、復興を」

それはともかく、とソウが繋《つな》ぐ。そう、今大事なのは、復興に至る子細ではなく、当主がどうなったか、だ。

「土地を殺して、生き返らせる。それは莫大《ばくだい》な利益を生みました。そうして当主は、その能力を便利に使うようになっていきます。殺す必要のない土地を殺し、蘇らせるための金を要求する。まさに慈悲に対して背を向ける蛮行ですね」

思い上がってしまったのだと、レイラは悲しくなり、ふと伽羅当主の事を思った。

初代当主が現れたのは、確かに天の慈悲であったのかもしれない。だが、現在の当主、レイラはといえばどうだ。尊厳が守られる状況を手に入れ、既に当主は本来であれば、なくても良い存在になったにも拘わらず、思い上がり、子を「望まない」者に、簡単にその選択肢を与えた。本来ならば、産む事を念頭に置いてすべき行為が、娯楽と成り果てた。

（驕《おご》ったのだわ、伽羅も）

言葉を失ったレイラに、ソウは続ける。

「当主の早世が続き、その能力が継承されていく流れが生まれ始めると、一族の金儲《かねもう》けの為に自らの犠牲を避けようとする当主は、当然現れます。死に至る原因を突き止めようとし、回避を選んだのは何代目の当主にあたる人物なのか、ともかく、彼は思い至った可能性を実行に移しました。土地を金儲けの為に殺す事を止め、耕族を元の形に戻す事に尽力したそうです。即ち、理に逆らい土地を殺すのではなく、嘗《かつ》てそうしてきたように、土地を生かし育てる事に能力を存分に発揮し、命を繋ぐ手伝いをする。その当主は、寿命を全うした上に、以後当主の力は継承されなくなったそうです」

生き延びた、とレイラはぼんやりと喉の奥で呟《つぶや》く。外の世界には、伽羅が助かるかもしれない可能性に至れる事例が、ちゃんと存在した。閉鎖されている事が、無知である事を容認し、外の知識を仕入れてこなかった事が、ここでもやはり、致命的になったという訳だ。

「耕族の話は、有名なの？」

呆然と言うレイラに、ソウは悲し気に、頭《かぶり》を小さく振った。

「……いいえ。私は、仕事柄知識に貪欲な方でして。大家で育てられた私には、幸い知識を得る為の土壌がありましたから、偶々《たまたま》。この知識を持っている私が選ばれて伽羅に来た事を運命とすべきなのかも、知れませんが」

伽羅の当主が死ななくても済むかもしれない。

そうは思ったのだが、何をどうすれば良いのか、今はそこまで考える余裕がない。

「いいですか、レイラ。耕族の例に照らせば、一族の形を元に戻す事、これが当主消滅の鍵なのです。伽羅の当主が代々死んでいったのだと知った時、真っ先にこの耕族の事例が頭を過《よぎ》りました。しかしながら、耕族の事例はレイラの次の代の当主への助言になりうる話であって、既に子供を産むという死への要因を踏み越えてしまっているレイラが存命に至る助言にはなりません」

今まで淡々と話していたソウは、真っ直《ます》ぐにレイラを見て、言葉に力を込める。既に死への道を歩み始めてしまっているレイラを助ける方法を、ずっと考えてくれていたのだと思うと、泣けてくる。

「天は、力だけを与えない。何かと引き換えにする事で、その力が暴発しないように均衡を保とうとする。伽羅の当主は、世界の人という種の均衡を保つために、与えられた力を乱用しないよう、当主の死という形の警告的犠牲を強いられている。ですが、もしも本当にそうだとするならば、当主が助かる可能性も、そこにあるんです」

レイラは言葉を発さない。ただ黙って、ソウを見ている。真剣に、レイラの命のためにソウが考えてくれた可能性を語る唇を、じっと見ている。彼はずっと、これを考えていてくれたのだ。レイラのために。

時折ぼんやりと空を仰いで考え込んでいたソウの横顔を思い出し、レイラは胸にこみあげてくるものを唇を噛《か》むことで堪《こら》えた。

「子供を産んでみるのですよ、レイラ。天は何故三ヶ月という時間を与えるのか。それは、もう一人子供を産めと、そういうことなのではないですか？　私にはどうにも、天が子を増やすようにと忠告しているように感じられてならないのです。だから中途半端に、三ヶ月の猶予が与えられる。それまでは、産みたくとも産めませんから」

何も知らなかったはずのソウは、おそらく相当出産について学んだのだろう。そうして学んでいく過程の中で、ふっと思いついたのかもしれない。

「卵を凍結するのでなく、子供を欲しいと思わせる。子を一人生《な》せば、それからは連続して子供を産み続ける事を天は望んでいるのです。人という個体数を戻すために、もっと子を産むように、当主に気付いて欲しいのではないかと、私はそう思うのです」

ソウが言葉を切ると、後には沈黙だけが残った。レイラは言葉を発さない。ソウも、発さない。ただ黙って、レイラの表情を窺《うかが》い、レイラに話すつもりがないと分かると、小さく一つ息をついた。

えっと、とソウは言葉を探してから、再び重い口を開いた。

「ゆくゆくは、村全体において、意味もなく卵を凍結している現状を打破する必要があるのかとは思いますが、確証はありません。レイラが二人目の子供を産んだからといって、助かる保証もありません。私はそれを、見守るだけの時間がありませんから。あくまで可能性の話ですし、強制は出来ません。今妊娠しても、近々命を失うかも知れませんし、延命できたとしても、また九ヶ月しか猶予はないのかも知れません。産み続ける事にも限度があるでしょうし、いつ天に赦《ゆる》されるのかも分かりませんし、何もかも私の憶測でしかない」

無言のレイラは、瞬き一つしない。ソウは少しだけ居心地が悪そうに一瞬目を逸《そ》らしたが、やはり真っ直ぐにレイラを見つめ返し、真剣に続けた。

「ですが、伽羅の卵の在り方を真剣に考えて、後世に繋ぐ価値はあるのではないかと思います。私は、推測を述べることしか出来ない。無責任は重々承知ですが、それでも私は、敢えて言います。長生きして下さい、レイラ。生きて、あの子を母親の貴女《あなた》に育てて欲しい。そのための万に一つの可能性を、私は残酷にも貴女に申し上げます。他の男の、子を産んでみるのです、レイラ」

レイラは、そこでようやく目を閉じた。その残酷な言葉を何度も頭の中で反芻《はんすう》し、考える。何度も何度も考えて、行き着く答えは同じだった。

「貴方《あなた》が、抱いてはくれないのね」

聞かれると予想していたのだろう。ソウは曇った顔を晒《さら》す事はせず、はっきりと言う。

「ええ。何度も考えましたが、それはやはり、難しい」

「なぜ、と聞いても？」

「一つには、やはり置いていく子供は作れないということ。また一つには、貴女の愛に応えられないのに、抱く事は出来ないということ。最後には、私は貴女と生きてはいけないという事です」

ソウは諭すように言った。

「レイラを守り、助けてくれる存在が、他にあればと心から願います。貴女には生きていて欲しい。でも、貴女を生かし、これから共に人生を歩み、子を共に育てていくのは、私ではない」

そうね、とは言葉にならなかった。

この人は明日、大切な主人のところへ帰ってしまう人なのだから。そんな無責任な事が出来るとは思っていない。だが。

「言うだけ言って、それもとても無責任だわ。責任をとって、抱いてって欲しいものだわ！……って、駄々をこねたいところだけど、ソウの気持ちも、今では、分からないわけではない」

この人は、とても優しく、真面目で、融通がきかないところもある。自分の行動の前に、その後どうなるのかを、きちんと考えて動く人だ。レイラを抱いては、彼には罪悪感しか残るまい。愛してもいない女を抱き、更には育てられない子を残す。そんな事が、出来るはずもない人だ。

「自分は抱けないけど、あたしには生きていて欲しいから他の男に抱かれろっていうのは、ソウの我儘《わがまま》よね？」

「そうですね」

「じゃあ、あたしも我儘を言うわ。それは出来ない」

ソウは黙り込む。

「貴方が愛していない女を抱けないのと同じくらい、あたしももう、愛していない男に抱かれる事は、出来ないの」

「死ぬんですよ」

「貴方に触れられないなら、同じことよ」

「生きていれば、また会えるかも知れない。それでも？」

「……それを言うのは、ずるいわ。会いに来る気もないくせに」

酷《ひど》い男、とレイラが呟くと、ソウは困ったように小さく笑った。

「知らなかったんですか？」

「ずるいし、酷いし、女ったらしだわ！　でも仕方ない。好きなものは好きなんだもの。ソウがあたしのために心血注いで考えてくれたことは、分かってる。でも、あたしは出来ない。ソウがいない世界を、ソウじゃない誰かと生きていくなんて！」

「子供のためでも？　私はずるくて酷い人間ですから、どんな事でも言いますよ。生きていれば、どんな事だって叶《かな》う可能性があるんですよ、レイラ」

そんな事は分かっている。レイラとて、死なずに済む方法を躍起になって探したが、何も見つからなかった。そのヒントをソウが提示してくれたとはいえ、それは出来ない。レイラは、ソウとまた会いたい一心で生きる術を探した。しかしそれも既に叶った今、本当に思い残すことなどない。他の男に縋《すが》ってまで生きたいとは、今のレイラは思わない。

ソウがいてこその、余生だ。それ以外の余生など、レイラには必要ない。

これ以上どんな言葉を投げたところで、ソウとの会話は堂々巡りに違いない。

「……そうね、考えてみるわ」

レイラは言う。心は既に決まっていたが、これ以上言葉を重ねても言い争いになるだけのような気がして、打ち切る意味を込めた。

レイラの口先だけの言葉を、ソウはどうとったのだろう。本気にしただろうか、嘘《うそ》だと気付いただろうか。レイラの返答に、ソウは応えなかった。

ソウは二度とその事には触れず、いつもと同じように、手を繋いで床についた。

レイラは横にある顔を見つめる。闇が、彼の輪郭を奪って行く。見えなくなっていく。

この男を今再び求めれば、レイラは生きられるかも知れない。だが、それはもうしない。出来る気もしない。命と引き換えにしても、もうソウの信用を失う事はしない。同じ失敗をして、それを墓に持っていく気も、ソウの中の最後のレイラの記憶がそれである事も、もはや耐えられない。

レイラはこの男を命懸けで愛し、子供を残した。もう、それでいいのではないかという一方で、心の片隅に小さく、僅かにあるシコリの正体は分かっている。

子供をこの手で育て、またソウに会える機会があるかも知れない。そんな幸せもレイラの人生にあっていいのかも知れないと、思わないではない。だがそれは、計り知れない人という種に与えられた、ただの欲望だ。尽きることのない、どんなに幸せでも次々と沸き起こる、ただの欲。

「ねぇ、ソウ」

「はい」

レイラは、怠《だる》くなって来る体を叱咤《しった》する。寝たら、もうソウとの夢は終わりだ。あとは彼を、見送るだけ。

「あたしの事、少しでも愛していた？」

闇の中から、少しの間の後に愛《いと》しい声が聞こえた。

「ええ」

嘘つき。

この人は、優しい嘘を、残酷につく。

レイラの頬を伝った涙は、闇に隠れて枕に落ちた。

※

狩猟区の中には、一際危険な区域が存在する。通常誰もが足を運ぶ事を躊躇《ためら》い、敢《あ》えて通過する事のない区域、その名を北の琥珀地区、南の瑪瑙地区と人は呼ぶ。

狩猟区は人を喰《く》らう獣の住処《すみか》であり、その中でも一等危険な獣ばかりが住まう区域である為《ため》、余程腕の立つ獣売屋の他には迷い人しかその地を訪れないと言われる。

瑪瑙地区を目前に、男は抱えた女を休ませる。

大きな怪我《けが》が完治しておらず、しかも身重の女性であった。諸事情で国元にいる事が出来なくなり、狩猟区に逃げ込んだまでは良かったのだが、狩猟区に入ってから彼女が身重であった事を知る。子供が産まれるのだ。なんとしても産み月までに、出産の態勢を整える必要が出てきた。

女性の足の怪我の具合はなんとか良好に推移しているものの、走らせるのは忍びない。

無理をさせると傷が開いてしまう事は明白であり、一刻も早く彼女の体の為にも一箇所に落ち着きたいものであるが、狩猟区の中にそんな場所はそうそうない。

略族、という一族がいる。

狩猟区の中に生活拠点を持っているが、年々その拠点も広範囲に拡大し、現在はあちらこちらに移動している。訪ねていっても良いのだが、無駄足を踏まされる可能性が高い。今いる場所から考えれば、近いのはやはり、瑪瑙地区内にある村、伽羅だ。だが、伽羅を訪ねて行ったところで入れてもらえるとは限らない。旅人を受け入れてはいないからだ。

「伽羅に入れたとして、伽羅の産婆さんで対応できないとなると、結局略を訪ねなければならないのでしょう？」

女性は木に凭《もた》れて座り込み、問うてくる。地面に座らせるのが申し訳なくて、頭が自然と下がる。

「はい。ですが、略の当主は契約を持ちかけてきます。もちろん私が契約致しますが、万一貴女様にとんでもない要求をして来たらと考えると、気が気ではなく」

「でも、伽羅に入れるとも限らない」

「はい」

「危険な瑪瑙地区を越えてわざわざ出向いて、入れて貰《もら》えないかもしれない」

「はい」

んー、と女性は小さく唸《うな》る。

「危険が少ないのは路を訪ねていくことだけれど、探すに手間取れば子供を産むのに間に合わない可能性がある訳よね」

「はい。そもそも、国元に帰れない以上、どこか住まいを探す必要はどうしても出てきます。ずっと狩猟区の中を徘徊《はいかい》している訳にもまいりませんし、安全な家が、どうしても必要です。御子を育てるとなると、尚更《なおさら》です。伽羅村に滞在を願い出る他ないかと。路に住処を用意してもらう事も出来ますが、毎日毎日履行すべき契約が積み上がっていくことになりますので、あまり現実的とは言えません」

「そうよね」

女性、メアリはほぅ、と溜息《ためいき》を吐く。

「伽羅の方がまだ、今後の事を考えたなら可能性はあるわよね。なんていっても、息子さんがいるのだし」

男、ソウは苦く笑う。

「捨てていった息子ですので、顔も知りませんが」

「ふふふ。瑪瑙地区は危険だし、伽羅に到着しても入れて貰えなかったら無駄足だわ。でも私、伽羅に行こうって決めているのよ？　だって貴方《あなた》の息子さんに会ってみたいもの。もちろん、奥さんにも」

「妻ではないですが」

「貴方の子供を産んだのに、奥さんじゃないの？」

どう説明したものか言い淀《いよど》むソウを見遣《みや》り、メアリはまぁ、と話を変えた。

「ともかく、入れてもらえる事を期待して、伽羅村に行きましょう。入れてもらえなかったら、その時はその時でまた考えたら良いもの」

メアリは両手を伸ばす。手を貸してくれという意味だととって、ソウは同じように両手を差し出した。

メアリは差し出した両手を無視し、ソウの胸に飛び込んでくる。ぎょっとするソウは、両手の行き場がなくて空で泳がせる。

「寒いですか？」

「そんな事はないのだけれど。心細い。獣が後ろから来たらどうしようってつい考えてしまうから、貴方にくっついてないとまともに話も出来ないわ。背中がそら寒い」

だからといって引っ付かれても困るのだが、少しでも恐怖が和らぐのであれば仕方がないと諦める。

「息子さんは、なんていう名前なの？」

「分かりません」

「そうなの。それでは、会うのが楽しみね」

「楽しみ、という事はありませんが」

憎まれているに決まっている。無事にポロから出たかどうかも知らず、名前すらも知らず、一度も会いに行かなかった父親など、立場があったものではない。父親と名乗る事すら烏滸《おこ》がましい。

「私は楽しみ。だから、連れて行って貰える？　ソウ」

気乗りがしないのを見抜かれ、ソウは苦く笑う。

「ええ、もちろんです、姫様」

「その姫様というのはやめて頂戴。身元がばれてしまうじゃないの。ライラと、そう呼んで」

「人前では、そのように致します」

彼女と自分の関係は、正直微妙だ。何が何でも守り抜く所存だが、距離感に戸惑いはある。気軽に触れて良い女性でもなければ、いくら偽名を使っていようとその名前を気安く呼ぶのも憚《はばか》りがある。

「これからはずっと、貴方と生きていくのよ。直に慣れていくかもしれないけれど、最初はやはり、仲良くなれる努力をすべきだと思うの。名前を呼び合って、他愛もない雑談をしたり、お互いの事を話してみたり。距離を縮める努力をしなくちゃ、ね？　ソウ」

「……左様で、ございますかね」

「ふふふ、左様でございます」

メアリという女性は、とても屈託なく笑う。つらいことがあったばかりだというのに、笑顔には全く邪気がない。最近では塞ぎ込んでいる時間も長かった事を思えば、だいぶ状況は良くなってきたと好意的に受け止めるべきなのかもしれない。

「伽羅村、伽羅村。氷国は初めてだもの、楽しまなければ損よね。貴方の家族に会えるのも楽しみだし」

「期待は、なさらない方が宜《よろ》しいかと」

なかなかにぶっとんだ村だった。欲望に忠実な伽羅の女性達の姿など見せたら、彼女は卒倒しそうな気がする。悪影響まで与えかねない。

「どうして？　ソウの愛した女性でしょ？　さぞ素晴らしい人だったのでしょうね」

「いえ、私が愛したわけでは。素晴らしい、とはお世辞にも言えない人でして、姫様にお目通りが叶《かな》うような人では」

言いかけたソウに、がばっと胸の中で顔を上げたメアリは、力一杯首元に抱きついてくる。あまりの事に声も出ない。

「……ひっ」

「ひ？」

「ひ、いえ、ライラ！」

「そうね」

メアリはくすくすと笑いながら、ソウに絡めた腕を解く。無闇に触れる事も、その名を呼び捨てる事も、即座に首が飛んでもおかしくない大罪だ。ずきずきと罪悪感に苛《さいな》まれ、心臓が痛い。

「その方、生きていらっしゃったら、貴方を返してと仰《おっしゃ》るかしら？」

「ど、どうでしょうか。当時の彼女ならそう言ったかも知れませんが、気持ちが冷めるには十分な年月が流れました」

「返してと言われても、返さないけれど」

ソウはとりあえず少し離れて下さいと、訴えるように言う。

「彼女は、生きているかどうかも分かりませんから」

ぴたりとメアリは笑顔を引っ込め、眉根を寄せる。

「……お亡くなりになったかもしれないの？」

「ええ、ちょっと事情がありまして。確かめた訳ではないので、生きているのかどうか、それすらも定かではなく」

まあ、とメアリは悲しそうに声のトーンを落とす。折角やっとの事で気持ちを立て直してきた彼女のメンタルダウンを心配し、ソウは慌てて話題を変えようとしたが、メアリが先に言葉を紡いだ。

「生きていらっしゃると、いいわね」

今度はソウが黙り込む。

最後の最後に、彼女にはとても酷な事を言った。そのまま逃げるように帰国してしまったソウは、結局彼女がどうなったのかを知らない。当主の呪いが解けていたなら、ソウの仮説が正しかったなら、彼女が仮説通りに他の男を選んでくれていたら、生きているかも知れない。

彼女を心から愛する誰かと、幸せになってくれていたらどんなに良いだろうかと、願わずにはいられない。あの時の彼女は迫り来る死の影と、愚直に愛したソウの事しかよく見えていなかったように思う。生き延びて、愛される喜びを知って、子供を大切に育て、新しい家族の輪の中で幸せそうに笑っていてくれたら良い。

「私の産む子とソウの子、仲良くなれるかしら」

はっと、ソウは顔を上げる。メアリはお腹《なか》に手を当てて、ソウを気遣うように笑う。

「そんなに歳《とし》も離れていないでしょう？　この子のお兄様になって、沢山遊んでくれたら嬉《うれ》しいわ」

ふふと笑うメアリに、ソウは苦く言う。

「……いえ、私の子は、生きていればおそらく五つにはなろうかと思いますが」

メアリは溢《あふ》れんばかりに目を見開き、叫ぶ。

「……えっ⁉　ええ⁉　あ、貴方、幾つの時の子なの⁉」

「十八です」

「伽羅に滞在していた事があるって、五年前の話なの⁉」

ソウは今年二十三になったので、そういう事になる。随分と前の事のような、最近の事のような。瑪瑙地区を前にすると、あの頃の事が鮮明に思い出される。

「そ、そうなの。直近の話なのかと、勝手に思っていたわ。驚いた」

メアリは頷《うなず》く事で返事をしたソウを呆然《ぼうぜん》と見遣りながら、視線を巡らせる。

「そっか、五つ。まぁ、大きなお兄様も良いわよね。色んな事を教えてくれるもの」

どんな風に育っているのかも分からないので如何《いかん》とも言い難《がた》いが、とりあえず黙っておく。

「返せと言われても返さないけれど、いい？」

「なにをです？」

突然問われて、ソウは首を傾《かし》げる。

「貴方を、よ。貴方の奥さん、いえ、子供を産んだ方に返せと言われても、私も貴方を手離すつもりがないから戦うけれど、いいかしら？」

「……返せとは、言われないかと思いますが」

当時なら分からないが、とソウは胸の中で独り言ちる。

「貴方はあの人から借りているのだもの。落ち着いたらあの人に返さなくちゃいけないの。貴方を元いた場所に返してあげることが、私の責任。だから、取られる訳にはいかない」

ぎらりと、メアリの目が光る。彼女は姫君だというのに、時折とても雄々しい強い目をする。強い意志が垣間《かいまみ》見える時、彼女の目に光が宿る。その瞬間がソウは、恋愛的な意味では決してなく、とても好きだ。

「それでは、行きましょう。ソウの子と、その子を産んだ女性に会いに。えっと、彼女のお名前は？」

メアリが腰を上げようとすると、ソウは手を添えてくれる。そして優しく微笑《ほほえ》んで、どこか懐かしそうに言った。

「レイラです。伽羅の、レイラ」

富士見L文庫

獣姫《けものひめ》の最後《さいご》の恋《こい》

旋《めぐる》めぐる

2022年12月15日　初版発行

発行者　山下直久
発　行　株式会社 KADOKAWA
〒102-8177　東京都千代田区富士見2-13-3
電話　0570-002-301（ナビダイヤル）

印刷所　株式会社暁印刷
製本所　本間製本株式会社
装丁者　西村弘美

定価はカバーに表示してあります。　◇◇◇

ISBN 978-4-04-074761-3 C0193